その溺愛は不意打ちです！

冷徹眼鏡宰相は気ままな王女がすごい好き!?

月神サキ

プランタン出版

-Contents-

※本作品の内容はすべてフィクションです。

序　章　婚活を決意した

「あああー！　もう嫌!!」

苛々とした気持ちをぶつけるように叫ぶ。

大きな窓が目を引く広々とした部屋には、女性に人気の職人が手がけたテーブルやソファ、チェストといった家具が置かれている。本棚にはお気に入りの本がぎっしりと詰まっており、隙間がない。そろそろ新しい本棚を買い足した方が良さそうだ。

壁や天井には宗教画が描かれていてどこか荘厳な雰囲気があるが、慣れてしまえば気にならない。

居心地良く整えられた居室、その奥にあるサンルームに私はいた。

椅子から立ち上がり、バンッと勢いよくテーブルを両手で叩く。

午後の早い時間。天気も良く、絶好の読書日和だ。それなのに、どうして私はこんなことをしているのか。

「あっ、いけない……」

思いきりテーブルを叩いたので、次の夜会の出席者リストが下に落ちてしまった。慌ててそれを拾い上げる。大事なリスト。これを明日までに覚えるのが私の使命。

「……はあ」

うんざりとした気持ちで、リストを眺める。そこには夜会出席者たちの簡単なプロフィールが書かれていて、見ているだけで嫌になった。

そうは言っても、やらなければいけないのだけれど。

私、フレイ・ラクランシアはこの国――ラクランシア王国の第一王女なのだ。

父はもう亡くなり、国王には兄が即位したけれど、王女という身分は変わらないし、兄の恥になるような真似はできない。

「ちょっと休憩しましょう」

気を取り直すべく、息を吐いた。

リストをテーブルに置き、サンルームから出る。ついでに女官を呼び、お茶の用意を頼んだ。

準備ができるまでの間、窓際に置かれた肘掛け椅子に腰を下ろし、ぼんやりとする。

ふと、窓を見た。鏡のように自分の姿が映っている。

「……」

美しいと表現するのに不足のない女がそこにはいた。

胸元が開いた華やかなドレスがよく似合っている。

兄と同じ色合いの青い瞳と薄い茶色の髪。

髪型は編み込んでハーフアップにしている。髪質はストレートで長さは腰に届くほど。

性格がきつめなのが顔に出たのか、目はつり気味だ。

ぽってりとした唇は艶々のピンク色で、自分の身体で一番好きな部位かもしれない。

きっちり日焼け対策をしているので肌は抜けるように白いし、きめ細かい。

触れるとしっとりとして、自分でも触り心地がいいと思うほどだ。身体つきは細身だが、それなりにメリハリがあるのでドレスを着るのに支障はない。

女官たちが長年掛けて磨きに磨いた身体は自分でも美しいと思うし、それこそ髪には枝毛の一本もない。爪だって美しく整えられていて、今は綺麗なゴールドに染められている。

三国一の美姫とまでは言わないが、国民に自慢に思ってもらえる程度には整った容姿を持つ女。それがフレイという王女だ。

「フレイ様。お茶の支度が整いました」

窓に映った己の姿を見ていると、女官が話し掛けてきた。その言葉に頷く。

「そう、ありがとう。他に用はないから下がってちょうだい」

側にいて欲しい気分ではなかったので、下がらせる。ガラス製の丸テーブルに用意されたのは三段のハイティースタンドだ。

ローストビーフを挟んだサンドイッチやホウレンソウとベーコンのキッシュ。紅茶のスコーンに、デザートにはイチゴとチョコレートが使われた菓子が数種類乗っており、見た目にも鮮やかだった。

紅茶は私の好きなハーブティー。気持ちを落ち着かせたかったので、カモミールが主に使われたものをお願いした。薄く色づいたお茶を一口。小さく息が漏れる。

「落ち着くわ……」

優しい味わいに、ささくれ立っていた気持ちが丸くなっていくのが分かる。

しばらく、ひとりお茶会を優雅に楽しんだ。

「……」

気持ちは落ち着いたが、覚えなければならない資料が残っている事実は変わらない。更に言うのなら、私に課せられた仕事はそれだけではないのだ。

王女と言っても暇ではない。

朝から晩まで予定を詰められているのが実際のところ。しかも外に出れば、国民の目があるから下手なことはできないし、一瞬も気を抜けない。

はっきり言ってかなりしんどい。

生粋の王族なら、生まれた時からそうなのだから別に気にならないのではと思うかもしれないが、少なくとも私はそうではない。

窮屈で窮屈で、逃げ出したくてたまらない。

もっと自由になりたいのだ。

自分の好きなことをする時間がたくさん欲しい。

具体的に言うのなら、日がな一日読書をしても怒られないような生活がしたい。

読書は私の唯一の趣味で、それこそ朝から晩までどころか、夜通し読んでいられるくらいに好きだったりする。

だけど、今の王女という身分ではそんな些細な願いすら叶わない。

私は国王である兄のことも国民もどちらも愛しているのだ。王女である限りは、彼らのためにできるだけのことはしたいと思っている。

それが、王族に生まれた者の定めであり、義務。

だから手を抜いたりはしないし、さっきのリストだってちゃんと覚えるつもりだけれど……時折どうにもしんどくなって、全てを投げ出したくなるのだ。

もちろん無理なことは分かっているけれども、ふと思う時がある。

私のこの窮屈すぎる生活はいつまで続くのだろう、と。

私はついこの間、二十歳となった。二十歳といえば、結婚してもおかしくない年である。

しかも王女とくれば、他国の王子や国王に嫁いで……となるのが順当だと思う。

幸いにも今の私に婚約者はいないが、いつ兄にどこぞの国王に嫁げと命じられるかも分からない。

そして命じられれば、王女である私に断る権利などないわけで。

国王に嫁げば王妃。王子に嫁げば王子妃。その王子が王太子であれば、やはり後は王妃になる。

どちらも私にとっては地獄。今より更に窮屈になることは間違いない。

「それは……嫌だわ」

未来を予測し、ゾッとした。

今ですら、殆ど自由のない日々なのだ。それがもっと忙しくなる？　しかも愛する自国のためではなく、他国の妃として頑張らねばならない。

それは、今の窮屈な暮らしを『自国民のためだから』と思うことでなんとか我慢している私には耐えられないことだった。

我が儘と分かっていても勘弁して欲しい。私はもう少し、もう少しだけで良いから自由になりたいのだ。

「……どこぞの国の妃になんてなりたくない」

悲しいくらいに、それが本音だった。そしてそれを回避する方法はひとつしかないことも分かっている。

「お兄様に他国の王族との結婚を勧められる前に、望む男を得るべく婚活する。もうこれしかないわ」

他国に嫁げと言われてしまえば逆らえないので、その前に行動を起こすのだ。

具体的には、自分で結婚相手を見繕う。

理想は自国の高位貴族あたりだ。

公爵か侯爵位を持つ男の妻として降嫁するのなら、兄も許してくれるだろう。

私としても、他国に嫁ぐより全然いいし、王族でなくなることで、多少の自由は得られるはず。

もちろん高位貴族の妻にもやることが色々あることは分かっている。

だけど今のほぼ毎日、ギュウギュウにスケジュールを入れられている私ほど忙しいだろうか。答えは否だ。

「悪くない。悪くないわ……」

考えれば考えるほど、高位貴族の妻というのは狙い所として間違っていないと思えてくる。

ちなみに愛は要らない。

私の望みは自由。

愛なんてあったら、夫にひたすら構われ束縛されて、好きなことをする時間がなくなってしまうではないか。それでは私の願いは叶わない。愛なんて必要ないのだ。

放置してくれて結構。むしろ万歳。どちらかというと、同じ家に住んでいるだけの関係くらいが理想である。

初夜も要らない。白い結婚でもオーケー……というか、むしろその方が有り難い。

そう、私はお飾りの妻の地位を求めているのだ。

「探すのは、それらの条件を受け入れてくれそうな男」

ふむ、と指を唇に当て、考える。

私は現国王の妹で、兄からはとても可愛がられている自覚がある。つまり、私と結婚すれば、兄からの覚えはめでたく、それなりに将来が約束されるということ。

高位貴族。中でも野心家タイプの男なら、私の出す条件でも自分に利があると受け入れてくれるのではないだろうか。

もちろんお飾りの妻がいいと言うのだから、愛人のひとりやふたり、作ってもらっても全然構わない。なんなら、愛人が産んだ子を跡継ぎとしてくれたって私としては大歓迎だ。

正妻である自分を差し置いて、などとは絶対に言わない。

だって、できれば夜伽なんて御免被りたいし。

伽がどういうものかは知識として知ってはいるけれども、とてもではないけれど、自分が耐えられるとは思わなかった。

男性に身体を暴かれる行為。相手が夫だと分かっていても、それは私には到底受け入れられないことだった。

お互い裸になって、好き放題触れられ、喘がされた挙げ句、相手の性器を受け入れる？

性交とは快楽が伴うものらしいが、想像するだけでゾッとする。気持ちいいと感じられるとは思えない。

だから、私は白い結婚がいい。

他の妻としての義務は全部完璧にこなすから、だからこれだけは勘弁して欲しいというのが正直な気持ちだった。

そして白い結婚など、王族が相手であれば絶対に許されないわけで。

何せ、正妃が子を産むことが何より重要とされるのが王家というものなのだ。貴族もそういう考えがないとは言わないが、それは家によって違うし、気にしない家と男を選べばいいだけなのだから、大分気は楽。

うん、やはり相手は貴族の男を狙うべきだ。

深く頷く。

よし、善は急げだ。

私は早速思いついたことを実行に移すべく、席を立った。

第一章　白い結婚などどこにもなかった

婚活をするかと決意した私は、早速、兄の執務室へと足を運んだ。

何せ、王女の結婚相手。国王である兄に相談せず勝手に……なんてことはあり得ない。

何事も根回しが肝心なのだ。

だからまずは、私が結婚を望んでいること。その相手はできれば国内貴族がいいと考えていることを伝えておこうと思った。

「お兄様、宜しいでしょうか」

「フレイか？　ああ、ちょうど休憩中だ。入っておいで」

「失礼致します」

兄の声が入室を促した。休憩中と聞き、タイミングが良かったなとほくそ笑む。

扉を開け、中に入ると部屋の奥にある執務机で休んでいたらしい兄が私を見た。

「どうした。お前がここに来るなんて」

「あの、少しお話があって」

「分かった。聞くからそちらのソファに座りなさい」

私の十歳年上となる兄が微笑む。

私と同じ目と髪の色合いをした兄は、優しい顔立ちの柔和な人だ。八年ほど前に、公爵家から妻を娶っており、その彼女との間に息子もいる。

夫婦仲は良く、政略結婚とは思えない仲睦まじさだ。どれくらい仲が良いかというと、妻に笑いながら「最近太ってきましたわね」と腹の肉を摘まれるくらいと言えば分かるだろうか。

腹肉を摘まれた兄は「ダイエットをした方が良いだろうか」と本気で悩んでいたが、そういうやりとりを普通にできるのは羨ましいと思う。

その、最近少しふっくらしたという兄が私にソファを勧める。私は素直に示された場所に腰掛けた。

兄の執務室は、亡き父が使っていたものをそのまま受け継いでいる。おかげで未だに兄の部屋というより父の部屋という意識が強く、まだ父が存命かと思ってしまう時もあるくらいだ。

大理石でできた暖炉の上には父のお気に入りだった時計が置かれたままだし、壁の風景画も父の趣味で飾られたものだ。足されたのは、父と母が一緒に並んだ人物画くらいで、他は何も変わらない。

父の好きだったもので溢れ返った場所。ここだけ時が止まっているように思える。

そして頑なに部屋を改装しようとしない兄は、きっと父のことを忘れたくないのだろうなと、そんな風に思う。兄は父のことが大好きで尊敬していたから。

父が亡くなった時、誰よりも悲しんでいたのが兄だった。

「それで？　話というのは？」

兄が要件を促してくる。チラリと、兄の座るソファの後ろに立つ人物に目を向けた。

この部屋には私たち以外にもうひとりいたのだ。

「何か？」

「……いえ」

短く否定の言葉を口にする。

彼は我が国の宰相で、名前をハイネ・クリフトンという。

侯爵位を持つ彼は、兄の右腕とも称される人物で、執務室にハイネがいるのは当たり前なのだけれど、私は彼のことが苦手だった。

何せ、彼の渾名は『氷の宰相』。

得意なのは毒舌。言葉で容赦なく相手を切り裂く人物なのだ。

兄の即位と同時に、史上最年少で宰相という地位に就いた彼は、冷たい表情がよく似合う、まさに冷徹という言葉がぴったりの男。

幼い頃より頭角を現し、その才能に胡座（あぐら）を掻くことなく努力を積み重ね、今の地位を掴み取った。

そんな彼が嫌いなのは当たり前だとは思うが、『努力をしない人間』。

やるべきことをやらず、文句だけを言う人間が彼は大嫌いで、そういう人物には容赦なく攻撃する。逆に努力の姿勢を見せれば、多少の失敗は目を瞑ってくれるし、成長が見られる時は褒めてもくれるので、慕っている部下はそれなりにいるのだとか。

ただし、褒める時でさえ、にこりともしないらしいけど。

どんな時も彼の視線は冷えていて、笑った顔を見た者はいないとも言われている。

もちろん私も見たことがない。可能性があるとすれば、彼を宰相に取り立てた兄くらいではないだろうか。

兄はハイネを信頼していて、昔から彼を高く評価していた。宰相に任じた時は早すぎるとの意見もあったが、ハイネは兄の信頼に応えた。実力でお偉方を黙らせ、認めさせるに至ったのだ。

今では、歴代宰相ナンバーワンの呼び声も高い。

まだ二十七歳の彼がそんな風に評価されるのは驚きだが、彼はそれに見合った働きをしている。

銀縁の眼鏡を掛けた若き宰相。その姿はとても美しく、黙っていれば十人中十人全員が振り返る容貌だ。たとえるのなら、冬の朝。身の竦むような冷たい雰囲気を持っている。

容姿は繊細で整っていて、よくできた氷細工を思い出す。とはいっても、すぐに壊れてしまいそうな儚さなどは微塵もないのだけれど。

むしろ、死ぬほど頑丈で、叩いても落としても傷ひとつつかないイメージがある。

有象無象から何を言われても、氷の視線ひとつで黙らせる。

一重のつり上がった目は灰色。丁寧に後ろに撫でつけられた髪は美しい銀色をしている。

身体つきは細身で、身長はかなり高い。服装は、かっちりとしたフォーマルなものを好んでおり、一分の隙もない。

夏でも長袖を着ている彼は、汗ひとつ掻かないという噂だ。

どんなに暑くても平然と業務をこなし、次々と倒れる部下たちを尻目に「気合いが足りません」と告げられるだけのメンタルの強さを持つ。

冷徹で仕事の鬼。どんな時でも鋭い表情を崩さない。

そういえば女性が嫌いだそうで、どんな美姫が寄っていっても、冷たい声と視線で追い払うのだとか。

それが、ハイネ・クリフトンで、私が苦手としている男だ。

実際彼とどう話せば良いのか分からないのが正直な話。

今日は良い天気ですねと言って、もし「それがどうかしましたか」と表情一つ変えずに返されたら三日くらい寝込む自信はある。それくらい彼の視線は怖いのだ。

とてもではないけれど、常人が耐えられるレベルではない。

そんな苦手すぎるハイネが、当たり前だけれど兄の側にいる。私としては、ハイネには外に出てもらって、兄にだけ婚活話を持ちかけたいところだった。

だって、貴族に嫁ぎたいなどと言ったら、めちゃくちゃ怒られそうではないか。

王族の義務がどうとか。

そんなのは全部分かった上での話なのだ。だが、彼は正論好きなところがある。間違いなく諫められるだろう。

ハイネからお小言を言われるのかと思うとうんざりして、兄に話をするのも止めようかと考え直してしまう。

「ええと、あなたには席を外して欲しいんだけど」

一応、お願いをしてみる。だが、あっさりと却下された。

「どうか私のことはお気になさらず。部屋の隅にある観葉植物とでもお思いになって、話をお続け下さい」

「……」

こんなに目立つ観葉植物があってたまるものか。

だが、ハイネは立ち去る気がないようで、ピクリとも動かなかった。

両手を後ろに回し、真っ直ぐに背筋を伸ばして立っている。眼鏡越しの瞳はいつも通り冷えており、私が話す内容など全く興味がありませんと言わんばかりだ。

「……」

「フレイ？　どうしてもお前が嫌だというのなら、ハイネには席を外させるが」

ムッとしている私に気づいたのか、兄が助け船を出してくれる。その言葉は有り難かったが、私は首を横に振った。

「結構です。観葉植物だそうですから。ええ、観葉植物を気にしても仕方ないですものね」

「お前は本当に気が強いなあ」

兄が呆れたという風に言う。だけどここで席を外してもらったら、ハイネに負けたような気がするではないか。

分かりました。気にしませんがこの場合一番正しい回答だと思う。

ふん、とそっぽを向くと、兄がやれやれと肩を竦めながら言った。

「で？　お前の話というのは？」

「それは……」

チラリとハイネ……いや、観葉植物を見てから覚悟を決める。観葉植物に何を言われようとどうでもいいではないか。私は私の思うところを正直に話せば良い。

私は深呼吸をひとつしてから兄に話を切り出した。

「その、ですね。お兄様。私ももう二十歳になったでしょう?」

「ああ、そうだな。小さなお前が私のあとをついてきていたのはつい最近のことだと思っていたのに、早いものだ」

「お兄様。親のようなことを言わないで下さい」

兄とは十歳年が離れているので感慨深くなる気持ちも分からなくはないが、今はそんな話をしているのではない。

兄を諫め、私は慎重に口を開いた。

「二十歳といえば、結婚してもおかしくない年齢。私も、そろそろ結婚を視野に入れたいなと思っているのです」

「結婚? お前が?」

「はい。いつかはしなければならないものですし」

驚いた顔をする兄に、なんでもないような雰囲気を装って言う。

本題はここから。なんとか兄に、私の希望を受け入れてもらわなければ。

そう思い、気合いを入れ直した。

「ただ、私にもやはり好みというものはありますので。それを先にお兄様に伝えておこうかと」

「なるほど。私がお前好みの男を連れてくるようにということだな？」

「はい」

笑顔で肯定する。兄は頷き、話を聞く体勢になった。

「私も妹には幸せになってもらいたいと思っている。お前の好みを聞こうじゃないか」

「ありがとうございます」

簡単に頷いてくれた兄に感謝の言葉を告げる。

ここまではいい。予定通りに進んでいる。

ここから、私の希望を上手く伝えなければならないのだ。

何せ自由が欲しいから王族は嫌だ。あと、白い結婚をしてくれる男が良い。などと正直に告げた日には、冗談ではなく兄が卒倒してしまう。

妹に幸せになって欲しいと言ってくれるような人に、明け透けすぎる願望を伝えてはいけないことくらいは分かっていた。

だから言い方を考える。物は言いようというではないか。

「まず、私、向上心のある殿方が好きなのです」

野心家、という言葉を向上心という表現で覆い隠す。

まずと言ったことに兄が驚いた。

「ええと、ふたつめがあるのか？」

「ええ、もちろん。私、結婚相手には妥協したくありませんので」

きっぱりと告げると、兄は少し動揺したように「そ、そうか」と頷いた。そして「向上心がある男は私もいいと思う」と賛同の言葉を付け加える。

「ありがとうございます。それではふたつめ。可能であれば、国内貴族のどなたかと婚姻関係を結びたいと思っています」

「国内貴族……外国の王族には嫁ぎたくはないということか？」

「はい」

むしろこれが肝心と思いつつ、肯定する。兄が難しい顔をしたことに気づき、何か言われる前に先制攻撃を仕掛けた。

「もちろん、一番可能性が高いのが外国のどこかの王族との結婚ということは分かっております。ですが私、この国を愛しています。できれば離れたくありませんし、その……何よりお兄様と離れるのが嫌で。だって、外国へ嫁いでしまえば、もうお兄様とはお会いできないでしょう？」

チラリ、と兄を見る。

兄が大きく目を見開いたのが分かった。

兄は私を可愛がっている。こうやって、結婚相手の希望を聞こうとしてくれるくらいには溺愛しているのだ。だからそこにつけ入る。

我ながら最低だなとは思うが、使える手段は全部使う。私は王族の地位などさっさと投げ捨ててしまいたいのだ。

どこぞの貴族の奥方くらいに、良い感じに収まりたい。

そのためなら、演技のひとつやふたつ、完璧に演じきってやろうではないか。

「我が儘なことを言って申し訳ありません、もちろん、お兄様が外国へ嫁げとおっしゃるのなら、喜んでその通りにするつもりです。これはあくまでも私の希望、ですので」

しおらしい態度を作り、兄を見る。兄はふるふると身体を震わせていた。

「お兄様?」

「いや、なんでもない。私も、お前を他国にやりたくないと考えていた」

「本当ですか!?」

願ってもない話に、声が弾む。兄はうんと頷いた。

「本当だとも。それで——お前の条件とはそれだけか?」

「もちろん他にもあると言えばありますけど、大まかにはこれくらいです」

「なるほど。国内貴族で向上心がある男、か。お前を降嫁させるのならそれなりの爵位を持つ男でないといけないな。あと、大事なお前をくれてやるのだ。お前を託すに足る男でなければならない」

「はい。その辺りはお兄様にお任せ致します」

婚活すると言っても、私が選べるわけではないことは分かっているので、とりあえず兄の見繕ってきた男たちの中から、私の求める条件に一番近い男を選ぼうと思っていた。

最低条件である、国内貴族。そこをクリアできているのならまあ、あとは本人と話せば、どんな人となりかは分かるし、白い結婚という兄には言えない条件提示もできるはず。

兄が選んだ人物なら間違いないだろう。私は兄の人を見る目を信じているのである。

「ふむ」

私の出した条件に合致する男を脳内にリストアップしているのか、兄が考えるような仕草をした。黙ってその姿を見守る。

やがて兄はひとつ頷き、私に言った。

「お前の出した条件にぴったり合う男がいる。年は二十七歳で、現役侯爵だ。容姿も悪くないし初婚。向上心はそこらの男どもでは束になっても敵わないほどあるし……どうだ？」

「どなたでしょう？」

自信満々に告げる兄に、首を傾げた。

兄の口振りでは私の夫候補とされた男は相当優秀なようだ。だが、そんな男が兄の周りにいただろうか。

相手は二十七歳だという。私とは七つ離れているが、これくらいなら十分許容範囲内。

初婚で、向上心は他の追随を許さないほどあって、容姿も悪くない。侯爵位も持っている。

確かに私の条件を満たしてはいるが、思い当たる人物がいなかった。

もしかしたら、最近頭角を現してきた人物なのかもしれない。そう思いながら兄を見ると、兄は満面の笑みを浮かべ、私に言った。

「そこにいるハイネだ。お前の条件を全て満たしているだろう?」

「ええっ!?」

あまりにも予想しなかった名前にギョッとした。

ハイネ。

ハイネ・クリフトン宰相。

彼を私の夫にする? それは一体なんの冗談なのか。全く面白くない。

「ク、クリフトン宰相ですか? お兄様……あの、それはいくらなんでも」

「何か問題でもあるか? ハイネは優秀だぞ。それに努力家でもある。彼の家は広い領地を有していてかなりの資産を蓄えているし、何より信頼できる。お前を預けるに足る男だ」

「……」

予想外すぎる展開に声も出ない。

無言のままハイネを見る。彼はぴくりとも表情を変えてはいなかった。ただ、一瞬だけど目が合った気がする。

――嘘でしょ！　この冷徹眼鏡と結婚⁉

私がこの男を苦手としていることは、兄も知っていると思っていた。なのでまさか、彼を勧められるとは考えもしなかったのだ。想定外が過ぎる。

「えっ、いや、その……私は良くても、その……クリフトン宰相の方がお嫌なのでは？」

兄が答えを待っているようだったので、とりあえず誤魔化すように言った。

ハイネ――この冷徹眼鏡とはあまり接点がないが、私にも容赦なく毒舌を吐いてくる男なのだ。

間違ったことは言わないが、でも正論だからこそキツいというのはあると思う。

そんな男と結婚など絶対御免だ。だが私は選べる立場ではない。

向こうが嫌なのでは？　という言い方くらいしかできないのだ。

冷徹眼鏡……いや、ハイネを見る。

断れよ、という私の心が伝わったのか、彼が少し笑った気がした。いや、多分気のせいだと思うけど。

ハイネが眼鏡をクイッと上げ、私の言葉に返す。

「嫌だなどと、恐れ多い。姫様なら喜んで娶らせていただきましょう」

「はあ⁉」

黙っているつもりだったが、勝手に声が出てしまった。

絶対に断ってくれると思っていたのに、まさかの『娶らせていただきましょう』である。嫌がらせにしてももう少しマシなものがあるだろう。

慌てて言った。

「わ、分かっているの？　私よ？　私を娶れって言われているのよ？」

「？　もちろん存じておりますが。身に余る光栄。このような栄誉を与えていただけるとは思いもよりませんでした」

「お前はずっと私を支えてくれた優秀な男だからな。お前になら安心してフレイを託すことができる」

「陛下のご恩情に感謝致します。この先も私の全てを陛下に捧げると誓いましょう」

「はは。お前が側にいてくれるのなら、私は安泰だな」

「もちろんです。全力でサポートします」

「……」

ふたりが話しているのを呆然と聞く。まるで私の嫁ぎ先が彼に決定したかのような口振りだ。

あの冷徹眼鏡がほんの少しではあるが目元を緩ませ、薄らであるが微笑んでいるように見える。

——なんか、笑ってるんだけど！

誰も笑顔を見たことがないという宰相。その笑顔を目の当たりにしてしまった私は、その恐ろしさに心底震えた。いや、彼の顔立ちは非常に綺麗なので、見惚れるようなと表現するのが本来は正しいのだろうが、私は恐ろしさしか感じなかったのだ。

だって、私を娶るとか！

友好的な態度を取られた覚えがないだけに、恐ろしいが先に来る。

いや、別に何か酷いことをされたとかはないのだけれど。

冷徹眼鏡は通りすがりに、私をその氷の目で睨んできたりしていたのだ。何も言われはしなかったが、きっとなんらかの文句があったのだと思う。

そんな私を娶るとか、気が触れたとしか思えない。

断る権利などないと分かっているが、なんとか彼は止めてもらえないだろうか。そう思ったところでハッと気づいた。

――そうだ。

考えようによっては、これはチャンスなのではあるまいか。

確かに冷徹眼鏡は怖いが、兄が言う通り野心家であるのは間違いないし、ここが一番大事なポイントなのだが、彼は女が好きではない。

彼が女性を嫌い、遠ざけているのは有名な話。つまり、彼とならば私の望む白い結婚が叶うということなのだ。

兄の勧めで一応私を貰い受けはするが、それは形だけ。結婚後は放置。

とてもありそうな話である。

――悪くない。悪くないわ！

それに宰相である彼は忙しい。毎日きっと屋敷には寝に帰るだけ。

朝は誰よりも早く登城しているとも聞いている。

ほぼ家を空けていること確定な、仕事中毒な彼が相手なら、私の思い描く理想の生活が叶うのではないだろうか？

考えれば考えるほど、ハイネが私の求めうる人材であるという結論になる。

こんな最高すぎる相手を逃してしまうのは勿体ない。

だから――。

「フレイ。お前がどうしても嫌だというのなら、別の相手も考えるが、私はハイネを薦めたい。どうだ？」

「そうですね。クリフトン宰相が良いと言うのでしたら、是非」

兄の問いかけに、私は百八十度手のひらを返し、笑顔で了承の言葉を告げていた。

兄にハイネを結婚相手として薦められた私は、その場で婚約の書類にサインを書き、その後、王室の規定通り一年を待って結婚した。

私とハイネの結婚発表を聞いた国民は驚いたが、割合肯定的に受け入れられた。

ハイネの優秀さは国民にも知れ渡っている。若き国王を支える彼に、信頼と褒美として妹を与えたのだと彼らは受け取ったのだ。

それは決して間違いではないと思うし、ハイネもそういうつもりで私を貰い受けると言ったのだと思う。

結婚式は、クリフトンの領内にある大きめの聖堂で執り行われた。

当日、私は真っ白なウェディングドレスを身に纏い、式に臨んだ。

ドレスは嫁ぐ私のためにと兄が用意してくれたもの。立体的なフリルとロングトレーンが美しく、大柄の薔薇のレースが気に入っている。

大きなダイヤモンドがいくつもあしらわれたプラチナのネックレスは豪奢な造りで、下手をするとドレスよりも目を引くが、そうならないよう上手くデザインされている。これは、花婿となるハイネから贈られたものだ。

二週間ほど前に貰ったのだが、あのハイネが花嫁に贈り物⁉　と、信じられなくて二度見した。そういう細やかな気遣いができる男とは思わなかったので意外だ。

いや、主君の妹を娶るのだから、それくらいはしなければならないと義務感で贈ってきたのかもしれない。その可能性は高そうだ。

「……」

兄に付き添われ、聖堂の中に入る。宣誓台の前には夫となるハイネが待っていた。

グレーの式服を着た彼はしっかりと背筋を伸ばし、こちらを真っ直ぐに見つめてくる。

その表情はいつもにも増して鋭く、いっそ怖いくらいである。

まるで値踏みでもされているようだと思い、ため息を吐きたくなった。

――気持ちは分かるけど、挙式の時くらい、笑顔を見せなさいよ。

それが花嫁に対するマナーであろう。

そう思うも、私たちの結婚は兄の命令で受けた政略結婚でしかない。嘘でも笑顔なんて作れないのだろう。まあ、私もハイネの笑顔なんて要らないというのが本音なのだけれど。

本当に、結婚相手が私で良かったねと思う瞬間だ。

彼の愛なんて要らないと思っている私だから『仕方ないか』と流せるのだ。多少なりともハイネを好きな女性だったら、きっととうに心が折れているだろう。

そんな気がする。

「フレイ、幸せになりなさい」

兄が感無量といった声で私に言う。それに頷いた。

「はい、お兄様」

兄の願いとは違うだろうが、私は私の願う幸せをきっと摑み取ってみせる。

そう、多少の自由と、読書を楽しむ生活。それを手に入れるのだ。

兄が私をハイネに託す。

「ハイネ、妹を頼んだぞ」

ハイネは無言で頷き、兄は満足そうに離れていった。

式が始まる。

彼の隣に並んだ私は、横目でハイネの様子を観察した。

いつもと変わらない冷えた雰囲気に鋭い視線。ただ、少し目が赤いような気がした。

——？　昨日、徹夜で仕事でもしていたのかしら。

寝不足で挙式に臨むとは、と思ったが、それだけ仕事が忙しいということなのだろう。

きっと結婚式など余計だというのが彼の本音なのだと思う。

結婚式がなければ、少しくらいは眠れた、いや、城に行って仕事ができたのに。

仕事の鬼な冷徹宰相ならそれくらい思っていそうだ。

今も内心舌打ちしながら、式に臨んでいるのだろう。

それは申し訳なかったと思いつつハイネの観察を続けていると、私の視線に気づいたのか、彼がふと、こちらを見た。

「っ！」

何故かさっと視線を逸らし、元の、いやさっきまでよりもっと怖い顔をするハイネ。

私に見られているのが不快だったのだろうか。

――悪かったわね。もう見ないわよ。

別に興味があって見ていたわけではない。なんとなく観察していただけだったので、私も式に集中することにする。

挙式は順調に進み、ついに最後の儀式がやってきた。

「では、誓いの口づけを」

挙式を執り行っていた式部官が厳かに告げる。ハイネが顔を傾けながら、こちらに近づいてくる。

私も目を瞑り、その時を待った。

「……え」

小さく声を零す。

触れたのは唇のすぐ横。

ギリギリ頬と言っていい場所に軽く口づけただけのハイネは、用事は終わったとばかりに、また真っ直ぐ前を向いていた。

唇にキスされなかったことに多少動揺した私ではあったが、なるほど、女性嫌いのハイネからしてみれば、口づけなど許容できないのかもしれないと思い直した。

私としても、キスされたいというわけではない。向こうがしたくないというのなら、それはそれで構わないのだ。

むしろ、私の望む白い結婚がほぼ確実になるのではと気づき、テンションが高くなったくらいだった。

そうして気を取り直したどころか上機嫌になった私だったが、その後、屋敷の庭を開放してのお披露目のパーティーで、頭を抱えることになった。

なにせこの男、己を祝うためのパーティーだというのに、本当ににこりともしないのである。

あまりにも夫が無愛想なので、なんとなく申し訳ないと思ってしまった私は、代わりに笑顔を大盤振る舞いする羽目になった。

侯爵の妻としての最初の仕事。まさかそれが夫の代わりに笑顔を振りまくことだとは誰が思っただろう。

これはこの先が思い遣られると思いつつも、私は終始笑みを絶やすことなく客をもてなし、侯爵家のメイドが呼びに来るまで、妻の役目を果たし続けた。

そして今。

メイドたちによって身体を清められた私は、宛がわれた寝室で彼が来るのを待っているという状況だった。

そう、いわゆる初夜の床。

私にと用意された部屋は過不足なく、ベッドやテーブル、ソファといった家具も、私お気に入りの職人の作品が取り揃えられていた。

言った覚えはないのに、どういうことだと思ったが、多分兄が教えたのだろう。

私としては、これから自分の住処となる場所なので、心地好く過ごせる方が有り難い。

壁紙も落ち着く色合いで、絨毯も王女である私が見ても上質なものが敷かれている。

時計や鏡といった小物もセンスがよく、今のところ文句を付けるところはない。

まさに私のために整えられた部屋を見て、とりあえず夫は私を適当な扱いにするつもりはないのだなと認識した。

まあ、兄の目もある。適当な扱いなどできないのかもしれないが、それでも大切にしてもらえるのは嬉しい。

「はあ……」

ベッドに腰掛け、天井を見上げる。

天蓋付きのベッドのスプリングはしっかりとしていて、城で使っていたものと遜色なかった。広さも十分にある。ベッドカバーには侯爵家の紋が縫い取られていて、私がここに嫁いだのだと実感した。

私はもう王女ではない。

ハイネ・クリフトン侯爵の妻。フレイ・クリフトンとなったのだ。

ようやく訪れた、待ちに待った王族という立場からの解放。

夫は己の結婚にも眉一つ動かさない人だが、私の方に不満はない。それどころかそういう男だからこそ結婚を受けた。

今夜も一応は初夜ということで、夫が訪ねてくるのを待ってはいるが、誓いの口づけすら碌にしなかった男だ。十中八九来ないだろうなと思っている。

それに彼は忙しい人なのだ。

私のことなど忘れて、自身の部屋で仕事を再開させている……くらいが妥当だろう。

「ありそう……」

想像して、笑ってしまった。

結婚したくせに妻を放置など本来ならあり得ないし、妻の方も許さないのが普通だろうが、あいにく私は普通ではないのだ。

性交渉がない結婚を望んでいるので、むしろ願ったり叶ったりである。

とはいえ、そういう交渉を彼ときちんとしたわけではないので、一抹の不安もあったのだけれど。

　夫となったハイネは宰相という立場で、それこそ王女であった私の比ではないくらいに忙しい。そんな彼とまともな連絡を取り合うことができるはずもなく、気づけば結婚式当日を迎えていたというわけだった。

　本当なら時間を取って、こちらの白い結婚を望むという要求を告げたかったのだけれど、それはできなかった。

　無理に時間を空けさせようと思えばできないこともなかったのだが、相手の忙しさを知っているだけに、こちらの都合を押しつけるのは躊躇われたのだ。

　それに、わざわざ条件を突きつけなくても、ハイネなら大丈夫だろうと思えたし。

　実際、今の時間になってもハイネは寝室に訪ねてこない。

　メイドたちが初夜のためにと張り切って着付けてくれた寝衣が無駄になって申し訳ないが、私の心は晴れやかだった。

「ふふ、やっぱりね。キスもしなかったくらいだもの。絶対に来ないと思ったのよ」

　時間を確認し、ベッドから立ち上がる。

　もう夜も遅い。今日は来ないとみて間違いないだろう。

　心が軽い。

　兄にハイネを薦められた時はどうしようかと思ったが、結婚してみれば、私の願い通りとなっている。

ああ、これから私の思い描いた理想の生活がやってくるのだ。

多少の不便はあるが、好きな本を思いきり楽しめる生活。それが叶うと思えば、自分に興味のない夫のひとりやふたり、笑って受け入れられるというもの。

「ふふ……早速本を読もうかしら」

万が一訪ねてきたらどうしようと多少の緊張をしていたせいか眠気は全くなかったし、自分の理想の結婚を手に入れることのできた興奮で、眠れるとも思えない。それなら朝まで読書というのも悪くないのではあるまいか。

ウキウキ気分で寝室に置かれた大きな書棚のところに行く。書棚には本が隙間なく並べられていた。私が持ち込んだものもあれば、ハイネが用意してくれたものもある。

必要なものはあるかと結婚前に尋ねられた時に、本が欲しいと答えた私に用意してくれた書棚は居室と寝室にひとつずつあって、どれもかなりの大きさだった。並んでいる本のラインナップを確認する。

「へえ……いいじゃない」

なかなかの品揃えだ。読んだことのない本もたくさんあり、楽しみで心が浮き立つ。

長編とみられる本の一巻を手に取った。

あらすじを確認する。どうやら冒険小説のようで、なかなか気が引かれる内容だった。

よし、今日はこれを読んでみるか。

今夜の供を選び、ウキウキしながら書棚を閉じる。と、後ろから聞こえるはずのない声が聞こえた。

「……新婚初夜に夫を放置して読書ですか？　遅れた私も悪いですが、あなたも大概だと思いますよ」

「えっ……」

信じられない思いで振り返る。そこにはバスローブに身を包んだ夫が立っていた。

風呂上がりなのか、髪がまだしっとりとしている。いつも掛けていた眼鏡はなく、裸眼の彼を初めて見たと思った。

眼鏡を通さない灰色の瞳は神秘的で、ほんの一瞬だけど見惚れてしまう。

切れ長の一重。いつも冷えた眼差しは、何故だろう。妙に熱を灯しているように見えた。

「え、えーと、眼鏡……」

何を言うべきか。

考えあぐねた挙げ句、私の口から出たのは凄まじくどうでもいい言葉だった。

案の定、ハイネが眉を寄せる。

「第一声がそれですか。外しましたよ。さすがに寝る時まで掛けませんから」

「そ、そうね」

言われてみれば当然の言葉に、曖昧に頷く。

どうして彼がここにいるのか、本気で理解できなかった。

「そ、それで……どうしてクリフトン宰相は私の寝室に？」

疑問をそのまま口にする。彼は心底呆れたという顔をした。

「何故？　夫が新婚初夜に妻を訪ねて何がおかしいのですか？　それと結婚したのですから、名前で呼んで下さい。妻であるあなたに宰相などと呼ばれるのは気持ち悪い」

「え、ああ、名前？　ハイネって呼べば良いのかしら」

心の中で呼んでいた名称を告げると、彼は目を瞬かせた。

「そ、そうですね。是非それでお願いします。その、あなたのことはフレイと呼び捨てにしても？」

「もちろん構わないわ。私はもう王女ではないし、あなたは私の旦那様になったのだから」

降嫁し、王族の身分ではなくなったのだ。今の私はクリフトン侯爵の妻。夫に敬称で呼ばれたいとは思わない。

私が頷くと、ハイネは「そ、そうですか」と言い、コホンとひとつ咳払いをした。

「そ、その……では、フレイ」

「何かしら……えっ」

思わず声を上げた。今、自分が見たものが現実だとは信じられなかったのだ。

だってハイネが、微かにではあるが確かに頬を染めていたのだから。

まるで照れているかのような表情にギョッとする。

——嘘でしょ。

氷の宰相。冷徹眼鏡。

どんな時でも表情一つ変えないと噂の彼が、頬を染める？

一体、どんな奇跡が起こったらそんな場面に立ち会えるのか。

誰が聞いてもあり得ないと笑い飛ばす状況に陥り、妙に狼狽えてしまった。

「あ、あの……ハイネ？」

まだ信じられず彼の名前を呼ぶ。ハイネは頬を染めたまま私を見た。酷く嬉しそうに、愛しくてたまらないという顔で返事をする。

「はい。なんですか、フレイ」

「……は？」

なんですか、ではない。

ハイネから繰り出された、濃縮された蜂蜜のように甘い声に戦く。

この男の口からこんな甘い声が出るのか。自分が聞いたのでなければ、到底信じられない出来事に直面し、頭がクラクラした。

「……ええと、私、もう寝るわ」

今のこの時間が現実とは思えない。

徹夜して本を読もうと考えていたが、結婚式とそのあとのお披露目で思ったより疲れていたのだろう。だからこんな幻覚を見るのだ。

ゆっくり眠って朝起きれば、きっと元通り。

私の夫は冷徹眼鏡で、それ以上でもそれ以下でもない。

——そう、そうよね。

多少無理やりではあったが自分を納得させ、頷く。くるりと踵を返し、ベッドに向かおうとすると、手首を握られた。

「え」

「待って下さい。今、寝ると言いましたか？」

「え、ええ。そうだけど。何かいけなかったかしら」

「……今日は新婚初夜ですが。まさか忘れてしまった、なんて言いませんよね？」

確認してくる鋭い視線は、私の知る冷徹眼鏡のもので、逆にホッとしてしまった。

そう、これこそがハイネ。氷の宰相と呼ばれる男なのだ。

なんだ。いつもの彼じゃないか。そう思いつつも返事をする。

「別に忘れたわけではないわ。だからこんな格好をしていたのだし」

自分の格好を見下ろす。

一応上に羽織り物は着ているが、リボンひとつで解けてしまう際どい寝衣は、祝いの日であるからこそ用意されたものだと分かっていた。

夫となる人に愛されるための小道具。そのひとつなのだ。

だが、それは私たちには当てはまらない。

ハイネは女嫌いだという話を知っているし、私だって彼に抱かれるつもりなんてない。

初夜などこのままスルーしてしまえばいいのだ。誰かが覗いているわけでもない。私たちが黙っていれば済む話。

「あなた、女性が苦手なのでしょう？　娶ったからといって、無理に私を抱こうなんて思わなくて良いわよ。私も好きにするし、お互い自由にやりましょう。お兄様には黙っておくから大丈夫よ」

本当は結婚前に話したかったことを告げる。

私の提案はハイネにとっても都合の良いものだろう。女性に触れたくないだろう彼に、そうしなくてもいいと言っているのだから。

しかも、兄にも秘密にするというおまけつき。我ながら素晴らしい提案だと思う。

——ふふ、これは勝利待ったなし。

にんまりと笑う。

だが私の予想に反し、返ってきたのは恐ろしく低い声だった。

「は？」

「……え」

怒りを孕んだ声音に気づき、ギョッとする。

ハイネは酷く不快な言葉を聞いたという顔をしていた。言われた言葉が信じられない。

何を言われたのか理解したくない。そんな風に見える。

「ハ、ハイネ？」

「私に、あなたを抱くな、と？」

その声が怖すぎて震え上がりそうになったが、こちらにも言い分はある。

「だ、だってあなたが女性嫌いだって！　私でも知ってる有名な噂じゃない！」

「え」

「だ、だからそれならって……」

それなら私の望む結婚になるのではないかと思ったのだ。誓いの口づけだってしなかったし。だが、それを説明する前にハイネが言った。

「なんだ……あのくだらない噂を信じていたのですか」

「く、くだらない？」

ギョッとする。ハイネは先ほどからの怒りが嘘のように上機嫌に微笑みを浮かべていた。

いや、だから。

ハイネの微笑みとかレアすぎるものを、たかが結婚しただけで大盤振る舞いしないで欲しい。

なんか、怖いから。

これから何か起こるのかと色々勘ぐってしまうから。

「フレイ」

ハイネはホッとしたように息を吐き、私に近づくと、そっと頬を撫で上げた。まるで愛しい恋人にするかのような仕草に目を見開く。

「ハ、ハイネ？」

「よかった。てっきり私に抱かれたくないのかと。あなたはただ、私の噂を真に受けただけだったのですね」

「……えーと……あの……ウン」

抱かれたくないで正解だとはとても言えない雰囲気に、私は賢明にもそれ以上は口を噤んだ。

これでも王女として二十年やってきたのだ。空気くらいは読める。

今、おかしなことを口走れば、自分の身が危ないということをなんとなく理解していた。

どういう行動を取れば正解なのか分からず、動けなくなった私をハイネが愛おしげに見つめてくる。

「あなたが聞いたという噂ですが、女性が嫌いというのは決して嘘ではありません。ただそれには、あなた以外の、という言葉がつきますが」

「へ？」

「あなただけは特別です。私は、ずっとあなたを愛してきたのですから」

「はあああ⁉」

これ以上ないというほど目を見開いた。

——あなたを愛してきた？　誰が？　誰のことを？

衝撃がすごすぎて、まともに頭が動かない。

目を見開き、彼を凝視する私に、ハイネは柔らかく微笑んだ。

「愛しています、私のフレイ。あなたを妻に迎えることが積年の願いだった。ようやくそれが叶い、とても嬉しい。幸せです」

「へ……」

心から告げられた言葉に、なんと返せばいいのか分からない。

まさかの、白い結婚を望んだ相手からの『ずっと愛してきた』発言に、完全に頭が混乱していた。

——え、いや、嘘でしょう。

今日の結婚式だって酷いものだった。好きな相手と結婚する男が取る態度ではない。

そう思いつつも、必死で考える。

いつ、いつだ。

いつから彼は私のことを好きだった。

必死で記憶をほじくり返しても分からない。何せ、私はハイネとそんなに接点がなかったのだ。どこで惚れられたとか、思い当たる節が全くない。

「フレイ……」

「あ」

いつ彼に好かれたのか。過去の記憶を漁っていると、ふいにハイネに引き寄せられた。反射的に彼を見上げる。ハイネの顔が近づいてきて――唇が重なった。

――え。

柔らかな唇の感触に、ますます混乱する。

今、何が起こっているのか本気で理解できなかった。

だって、口づけ。

挙式の時にはしなかったそれを、彼が今私にしてきていることに驚きを禁じ得ない。

逃げ出そうと思うも、衝撃から立ち直れていないのか、身体は言うことを聞かない。結果として、彼の唇を受け入れ続けることとなってしまった。

「はあ……フレイ、好きです。あなたとずっとこうしたかった」

ハイネが嬉しげに何度も唇を重ねてくる。唇は熱を持っており、口づけられるたび、その熱を移されているような、そんな気持ちになった。

「ん……」

自分の口から勝手に零れ出た甘い声に驚く。ハイネは私を抱きかかえると、幸せそうに言った。

「ベッドに行きましょう。今夜は念願の初夜。あなたを心ゆくまで味わわせて下さい」

「えっ……やっ、あの……」

とんでもない言葉を聞き、ぼんやりしていた思考が勢いよく回り始める。

初夜？　本当にあの淫らすぎる行為を、この男とするというのだろうか。

ハイネが私をベッドへと誘う。慌てて抗うも、男の力に敵うわけもない。

先ほどまで自分が腰掛けていたベッドまで来てしまえば、頭の中は初夜という二文字でいっぱいになった。

「優しくします」

動揺し、言葉もない私の肩をハイネがそっと押す。バランスを崩した私は、あっさりとベッドに倒れ込んだ。

「あっ……」

これはいけない。このままでは本当にハイネに抱かれることになってしまう。

違う。違うのだ。

私はこんなことは望んでいなくて、だから今すぐ抱かれないための交渉をしなければならない。

私は必死の思いで口を開いた。

「あ、あの……」

「可愛い。ようやくあなたを抱ける日が来た……」

「……」

感極まった様子で、瞳を潤ませるハイネ。その表情にも声にも、年月を積み重ねた想いが滲み出ており、彼が本心から私を求めていることが分かった。

常の彼では絶対にしない蕩けた顔を見てしまえば、彼が本気だということが嫌でも理解できる。

嘘だろうと言いたいところだが、ハイネは、本当に私のことが好きなのだ。

それが、分かる。

「……」

言えない、と思った。

いつから彼が私を想っていたのかは今も分からない。だけど確実にその瞬間はあったのだろう。垣間見えた想いの深さは震えるほどで、彼が私を手に入れて本当に喜んでいるのが伝わってくる。

おそらくは、かなり長い期間。

彼は私を想っていたのだ。

そんな男に、白い結婚をしてくれと言えるのかと問われれば、答えはノーだ。

——い、言えるわけがないわ。

こんなに私を待ち望んでいたと分かる態度を取られて、それでも初夜は嫌だなんて言えるはずがない。

しかも彼はれっきとした私の夫なのだ。結婚式をし、書類にサインし、皆にお披露目したあとの初めての夜。

きっと今日を楽しみにしていたであろう彼に、自分の都合を押しつけることはできないと思ってしまった。

だって、本来なら初夜は確実に行われるものなのだから。

それを私が、勝手になしにしようと企んでいただけのこと。

「……」

死ぬほど考え、結論が出た。諦めの息を吐く。

——仕方、ないか。

性交渉などしたくなかったが、彼は夫。私を自由にする正当な権利があるのだ。

そして切実な想いを聞いてしまった手前、無碍にするのも躊躇われた。

閨事などしたくないのは今も変わらない。

愛されての結婚など望んでいない。ただ少し、自由になりたかっただけ。

だけど今のハイネを見て、嫌だと言えるほど私は鬼でも悪魔でもなかった。

——どうせ、王族と結婚したら白い結婚なんて望めなかったわけだし。

とりあえずは今日、なんとか耐え凌げばいい。

この先のことは明日にでも考えよう。

「フレイ」

熱の籠もった声でハイネが私を呼ぶ。そのあまりの熱量に絆されてしまった私は、ああもうどうにでもしてくれと全ての抵抗を諦めた。

「ひっ……んんっ……」
「はあ……ああ……あなたの肌は綺麗ですね」
明かりを落とした暗いベッドの中。
私にのしかかったハイネが、首筋をねっとりと舐め上げる。

私は身体を震わせながら、彼の愛撫を受けていた。

相手は夫だし、抱かれると決めたので、抵抗はしない。ただ、肌を這う舌の感触は慣れないもので、舌先で刺激されると勝手に身体が跳ねる。

「あっ、ハイネ……んっ」

「可愛い……閨でのあなたはそんな風に啼くのですね」

うっとりとした声で、ハイネは身体の線をなぞるようにそっと手を這わせてきた。それが擽ったくて、また変な声が出る。

我慢しようと思っても上手くいかなくて、私は与えられる快楽に翻弄されていた。

「アッ、んんっ……」

「肌からほんのりと薔薇の香りがします。もしかして薔薇風呂にでも入りましたか？」

鎖骨に舌を這わせていたハイネが尋ねてくる。その言葉に頷いた。

「え、ええ……メイドたちが準備してくれていたみたいで……」

「そうですか。あなたに薔薇はとてもよく似合いますね。薔薇の香りとあなた自身の芳香が混じり合って、興奮で頭がクラクラします」

言いながらハイネの手が胸元にあるリボンに伸びる。羽織り物はとうに剝がれてしまっていたが、寝衣は着たままだったのだ。

初夜用の特別な寝衣は透けるか透けないかのギリギリの薄さで、とても軽く、繊細な造りをしている。

「……」

まるでプレゼントの包みを開ける時のような慎重な手つきで、ハイネがリボンを解いた。

呆気なく寝衣がはだける。

「あっ……」

胸元を覆う下着を着けていなかったので、胸が丸見えになった。慌てて両手で隠すも、ゆっくりと退かせられる。

「ちゃんと、見せて下さい」

「で、でも」

「夫の私に、全部見せて」

「……」

そう言われてしまえば、これ以上の抵抗は難しい。彼に従い、手を退ける。

初めて異性に胸を見られている。その事実がどうにも恥ずかしかった。

まだ下着は穿いているからマシだが、それもいずれは取られてしまうのだろう。閨の中で何が行われるのか、きちんと勉強してきたから知っている。

知っているからこそ、遠慮したかったのだけれど。

「……とても、綺麗です」

恥ずかしいのを我慢しながら震えていると、ハイネがほうと息を吐きながら言った。

手を伸ばしてくる。羞恥が酷すぎて避けたくなったが我慢した。

「ひっ」

ハイネの手が乳房を摑む。摑むといっても殆ど力を入れていないので痛みはなかったが、
胸に触れられるという初めての経験に泣きそうになった。

知識として知っているのと、実際に体験するのは全くの別物とは聞くが、本当にその通りだ。

「ハ、ハイネ……」

「大丈夫。怖くありません。愛しいあなたに酷いことをするはずがないでしょう？」

言い聞かせるように囁かれ、コクコクと頷く。今は彼のその言葉だけが頼りだった。

ハイネの手がゆっくりと膨らみに沈んでいく。

私の様子を見ながら、彼は少しずつその力を強めていった。

未知の体験に息が荒くなる。彼の指が胸の先端を掠め、甲高い声が出た。

「あっ……！」

鋭い刺激。それこそ未知の感覚に驚く。ハイネはにこりと笑うと、今度は大胆にその場所に触れてきた。いわゆる乳輪と呼ばれる場所は、触られると妙に擽ったく感じてしまう。

「はっあっ……ハイネ……だめっ、それ、擽ったいから……」

「今は擽ったくてもすぐに気持ち良くなりますよ。ほら、分かりますか？　この真ん中。平らだった乳首が立ってきているでしょう？　あなたが感じてくれている印ですよ」

「やっ、そんなの知らない……あんっ」

彼が言う通り飛び出していた先端を指の腹で擦られ、自分の口から耳を塞ぎたくなるような甘い声が出た。彼はクリクリと胸の先を刺激する。その力加減は絶妙で、気持ち良いと感じてしまう。

「あっ、あっ……」

「ピンク色の先端が更に色づいて綺麗ですね。それにとても美味しそうです。まるで果物みたいだ」

「あっ……！」

ハイネが我慢できないとばかりに、もう一方の胸に齧り付く。口内に胸の先端を含まれ、舌で転がされた。強すぎる刺激に淫らな声が上がる。

「ああっ……やあ……」

熱い舌が乳首をこねくり回す。腹の奥がジンジンしてきた。もう片方の胸は指で弄られ、甘い声が止まらない。

「ああっ、両方、だめっ……ひゃああ」

強く吸い立てられ、声が一段高くなる。

恥ずかしいのに気持ち良くて、自分がおかしくなりそうだった。

「あっ、あああっ、あああっ……」

快楽に身を捩る。胸を弄っていた手が、いつの間にか腰に伸びていた。

脱がせやすいようにという配慮なのか、腰紐で結ぶタイプの下着を穿いていたのだが、その紐をあっさりと解かれてしまう。

「あっ」

驚く間もなく、下着が抜き取られ、放り投げられる。

胸を吸っていたハイネが顔を上げる。

何をされるのだろうとドキドキしていると、彼は私の足を持ち、大きく広げさせた。

「やあっ……！」

自分でも見たことのない場所を露わにされ、羞恥のあまり真っ赤になる。秘めるべき場所。夫にのみ許す場所。

ハイネが自分の夫で、そういう行為をするのだと分かってはいても、恥じらいだけはどうしても消えない。

ハイネが大きく広げられた中心をじっと見つめる。耐えきれなくなった私は懇願した。

「お、お願いだから、あまり見ないで……！」

「申し訳ありませんがそのお願いだけは聞けません。我慢して下さい」

「が、我慢しろって……」

「私にだけ許されたこの場所をじっくりと見ておきたいんです」

「あんっ……」

太股を担ぎ、足を閉じられないよう固定したハイネが、指で淫唇を広げる。ねちゃりという音がし、泣きたくなった。

「うう……ううううう……」

早く終わって欲しい。

そう思っていると、彼はおもむろに股座に顔を近づけてきた。花弁に湿った感触。舐められたと理解し、驚いた。

「ハ、ハイネ……！　何してるの！」

こんな場所を舐めるだなんて信じられない。そういう行為があること自体は知っていたが、私の中では『ない』だろうと思っていたのだ。だって、いくら入浴後とはいえ、綺麗とは言えない場所だ。

「だ、駄目……そんなとこ……あああっ」

ふっくらとした花弁を舌で舐められ、びくんと身体が震える。ハイネは舌先を尖らせ、蜜口を愛撫した。形をなぞるように舐め、愛液が溢れた蜜口の中に舌を伸ばす。

「ひんっ……！」

新たな刺激に悲鳴のような声が上がる。耐えようと思っても我慢できない。

「あっ、あっ、あっ、ああああっ！」

蜜壺を舌で掻き回され、ひたすらに喘いだ。ひくんひくんと腹がヒクついている。蜜口からは私が零した愛液が垂れていた。

私の反応が楽しいのか、ハイネが指を蜜口に差し込んでくる。異物を受け入れたことのない隘路は、キュウッと収縮し、彼の指を拒んだ。それを強引に押し込める。

「んっ」

「痛いですか？」

「い、痛くはないけど」

違和感がすごい。

だが、痛くないと聞いてホッとしたのか、ハイネは指を動かし始めた。蜜壺の中を広げるように掻き回す。ゆっくりとした動きなので痛みはないが、指を動かすたびにグチャグチャと音が鳴るのがどうにも恥ずかしかった。

ハイネはもう一本指を捻じ込むと、今度は二本の指で蜜孔を広げ始めた。

最初はよく分からなかったが、指を出し入れされていると、徐々に気持ち良いという感覚が湧いてくる。

「んっ、もう……」

いい加減、勘弁して欲しい。そう思うも、ハイネは私の反応が楽しいのか、指を動かすのを止めはしない。

やがて、指を引き抜いた彼は、今度は少し上にある小さな突起を探り当てた。その先端に触れる。

今までにない強烈すぎる刺激に、声にならない声が出た。

「っっ!!」

「ああ、やっぱりここが一番気持ち良いんですね」

「やっ、やっ、やっ、それ、だめっ……」

今までとは比較にならない強い悦楽を立て続けに与えられ、逃げようと腰が浮く。それを押さえつけられ、更なる快楽を刻みつけられた。

陰核を指で押し回されたのだ。クリクリと、やや強めに。

少し触れられただけでも我慢できないほどの快楽に襲われるのに、そんなことをされればひとたまりもない。

私は為す術もなく高みに上った。

「アアアアアアアッ!」

我慢できなかった。それが何か考える余裕すらなかった。大波に突然襲われたような気持ちと言えばいいのか、ぐぐっと迫り上がってきたものが一気に弾けた感じだった。

「はあ、はあ、はあ……」

頭の中が真っ白で、何も考えられなかった。身体、特に四肢に力が入らない。

何が起こったのか理解できず、呆然とシーツに沈む私を、ハイネは酷く嬉しそうな目で見つめていた。

「ああ、イったんですね。可愛い……」

イった。つまりは達したと言われ、のろのろと彼を見た。ハイネは目を潤ませている。

「私の手であなたを絶頂に導くことができたなんて。ああ、本当に夢のようだ。あなたを妻として得て、こうして初夜を迎えることができるなんて……愛していますよ、私の可愛い人。あなたはもう、私のものだ」

ハイネがうっとりと呟き、バスローブを脱ぎ捨てる。裸になった彼を見て、ドキッとした。

平らな胸に広い肩幅。そして女性とは全く違う厚い身体つきに気づき、顔が勝手に熱くなっていく。

「フレイ……」

動揺する私を余所に、ハイネは力強く私の足を抱えた。まるで逃がさないとでもいうような強引さを感じる。蜜口に何かが当てられた感触。それがなんなのか、数瞬遅れて気づいた私は慌てて口を開いた。

「えっ、あっ、ちょ、ちょっと待って……」

嫌とかではない。

さすがにもう、覚悟は決めている。

ただ、もう少し心の準備をさせて欲しかったのだ。だが、興奮しきったハイネは私の言葉を拒絶した。切っ先が蜜口の中に潜り込んでくる。

「待てません。もう、限界だ」

「う、嘘っ。あ、駄目。入っちゃう。あ、あああああああっ！」

蜜壺の浅い場所を探っていた肉棒が、隘路に侵入を始める。

同時に切れるような痛みが走った。

「痛いっ……」

膣道を割り開く肉棒の熱さと質量に、私は為す術もなくギュッと目を瞑った。

「くっ……」

ハイネが苦しそうに息を吐く。

狭い蜜路を太い肉棒が無理やりこじ開けていく。奥へ奥へと確実に進んでいくのを感じていた。

「はっ……んっ……くぅ」

痛みを唇を噛んでやり過ごす。

初回の性交は痛みを伴うものだと聞いていた。それは思ったほどではなかったが、中を押し広げていく肉棒の違和感がすごかった。

私の中が、ハイネで埋められていく。そんな風に感じた。

「はあ……ああ……ああ……んっ」

「……全部、入りましたよ。よく我慢してくれましたね」

どれくらい時間が経ったのか。ハイネの腰の動きがようやく止まった。

まるで労るように頭を撫でられる。大切にされていると分かる仕草を悪くないと受け入れながら、私は重い痛みに息を吐いた。

「はあ……」

「まだキツい、ですか？」

「ええ。でも大分マシになってきたわ」

新たに生じた痛みはなかったので、少しずつ楽になってはきている。息を整え、返事をすると、ハイネは窺うように聞いてきた。

「動いても構いませんか？」

「……ええ」

性交が挿入して終わりでないことは分かっている。子種を吐き出さなければならないのだ。

ジクジクとした痛みは残っていたが、一刻も早く終わって欲しかった私は頷いた。

ハイネが足を抱え直し、ゆっくりと腰を振り始める。

「んっ……」

痛いかと身構えたが、幸いにもそれはなかった。代わりにやってきたのはじわりとした快感。

肉棒が膣壁を擦る動き。それが妙に気持ち良く感じたのだ。

「あっ、あっ、あっ……」

膣壁が気持ち良い場所に当たると、媚びるような声が出てしまう。それに反応したハイネが私を見た。

「フレイ、気持ち良いのですか？」

「や……私……」

そんな恥ずかしいこと言いたくない。そう思ったがハイネは優しく私に言った。

「お願いだから正直に教えて下さい。私はあなたに気持ち良くなってもらいたいのですから」

「ひゃんっ」

言いながら、ハイネが腰を叩きつける動きを速めていく。ひと突きされるたび、ビリビリした快感が私を襲った。

「あっ、あああっ……やあ……」

無意識に、肉棒をギュウギュウに締め付けてしまう。

随喜の涙を流す私を見たハイネは、その涙を舌で掬い取った。

「こちらが引き千切られてしまいそうな力強さで締め付けてきますね。喜んでもらえて嬉しいですよ。もっと気持ち良くしてあげますからね」

「ひっ、あっ！」

ハイネが腰を振る速度を更に上げる。それだけで与えられる快感が倍くらいになった気がした。

これは駄目だ。

我慢できない。声を上げずにはいられない。

「やっ……あんっ……速い……速すぎるの。もっとゆっくり、やああっ」

与えられる悦楽に耐えかね、身体を捩る。

切っ先が深い場所に触れれば、甘い悦びに身悶えした。頭が馬鹿になりそうなほどの気持ち良さが私を襲っている。

「あっあっあっ……だめっ、気持ち良いっ」

グリグリと最奥に亀頭を押しつけられ、啼いた。

カリ首に柔らかな襞を抉られ、身体の中心が切なさを増していく。

これだけでは足りないと、雄を締め上げていた。

何も考えられない。だけど気持ち良すぎて苦しくて、早く解放されたいと心から思った。

「ハイネ……私、もう……」

駄目だ。我慢できないと告げると、彼も苦しげな様子で頷いた。

「ええ、私もです。私も、もう耐えきれない」

同意の言葉を返され、ホッとした。これで止めてもらえると思ったのだ。だが、何故か
ハイネは腰の動きを速めた。

ガツガツと強い力で奥を突き上げてくる。

「えっ、あっ、あっ……あああっ！」

「フレイ、フレイ……愛しています……あなただけ、あなただけだ……」

うわごとのように何度も愛していると告げるハイネは、正気を失っているように見えた。

質量を増した肉棒が蜜壺を圧迫する。

痛いくらいに膨れ上がった肉棒は私の中を好き放題暴れまくった。

激しさを増した突き上げに翻弄され、ギュッと目を瞑る。

――ああ、もう耐えきれない。

そう思った時、彼は一際強く、肉棒を押しつけてきた。

「っ……！」

ぶるり、と大きくハイネの身体が震える。それとほぼ同時に、私の中に温かい液体が放たれた。

ああ、彼は子種を出すために最後荒々しい動きになったのだなと思いながら、私はそれを受け止めた。

「はあ……はあ……」

多量の精が腹の奥へと流れていくのを感じる。これが実を結ぶと、私はハイネの子を孕むのだ。そう、家庭教師から学んでいる。

整わない呼吸の中、ようやく終わったと私はリネンに身体を預けた。

全身に全く力が入らない。

性交とはこんなにも体力を使うものだったのか。

全身汗だくで気持ち悪くて、今すぐもう一度風呂に入りたいと思った。

「……フレイ」

「何？」

ぐったりと倒れ伏しながらも、ハイネの呼び声に返事をする。顔を上げると、ハイネは嬉しそうな顔で私を見ていた。

「これで、心身共にあなたは私のものになった」

「……そうね」

それがなんだと思いつつも同意する。

彼は私の腹に手を当てると、優しく撫でた。

「早く、子ができるといい」

「……」

「たくさん、子供を作りましょうね。あなたとの子なら何人でも欲しいですから」

陶然と呟くハイネの顔をまじまじと見る。その表情は誰がどう見ても嬉しそうで、氷の宰相と呼ばれる姿はどこにもなかった。

にこりともしない彼。いつも冷たい表情で、誰に対しても他人行儀かつ、冷静な態度を
崩さない。

そんな彼が、優しく目を細め、微笑んでいる。

子供がたくさん欲しいと言っている。

「……」

うん、なんというか、ギャップがすごい。

目の前の彼は本物の氷の宰相なのか。あの冷徹眼鏡、本人なのか。

いや、もちろん本物だと分かっているけれど、思わず確認したくなるほどの別人ぶりだ
った。

正直な感想を告げるのなら、「あなた、笑えたの？」というところである。

さすがにそれを直接言いはしないけれど。

いくらなんでも失礼すぎるということは分かっている。

とにかく、予定外ではあったが、初夜は無事終わったわけだ。

私も妻としての義務を果たした。あとはさっさとその挿入しているものを抜いて、自分の部屋に帰って欲しい。

ここは私の寝室なのだ。軽く風呂に浸かって寝てしまいたいのが本音だ。

慣れない運動をして疲れていた私は、正直に言った。

「ねえ、これ、早く抜いてくれない？」

出すものを出したのだ。もう私は用なしだろうと思ったのだが、ハイネは不思議そうに私に言った。

「え、何故です？」

「へ。え、だって……終わったでしょう？」

「終わった？　なんの話ですか？」

「だから……初夜」

分からないという顔をするハイネに、思った通りのことを告げる。だがハイネは、にこりと笑って否定した。

「何を言っているんですか、フレイは。初夜はまだこれからでしょう？」

「え……？」

何かの聞き間違いかと思うような言葉を吐かれ、時が止まった。

唖然とする私の足を、ハイネが抱え直す。それと同時に、蜜壺に埋まっていた肉棒が元気を取り戻していくのが分かった。

「え、え、え……え？」

なんだこれは。

今、自分の身に何が起こっているのか、本気で理解できない。

私は初夜を乗り越えたのではなかったのか。

茫然自失となる私に、ハイネが微笑みながら言う。

「今日は、ようやくあなたを手に入れられた記念の日ですよ。一度で終わるはずないでしょう？」

「……」

――知らないわよ！

ハイネには悪いが、心の中で思いきり叫んだ。

いや、本当に、そんなこと知るか。

「え、あ、や……ちょっと……私はもう無理……」

慌てて逃げようと腰を浮かせる。だがそれは上手くいかなかった。すっかり硬さを取り戻した肉棒がゴツンと奥を穿つ。

「ああああっ！」

「ああ、すっかり中が解れましたね。先ほどよりも気持ち良い」

はあ、と幸せそうに息を吐くハイネ。その顔は本当に嬉しそうで彼が私を本心から求めているのは理解できたが……普通、初夜で二回もしようとする？

私を慮って解放してくれるのができる夫というものではないだろうか。

「わ、私、今日はもう疲れて……だから！」

勘弁して欲しいとお願いしてみたが、彼は申し訳なさそうに眉を下げた。

「すみません。そうしてあげたいのはやまやまですが、私も溜まっていまして。何せ、女性を抱いたのはこれが初めてなものですので」

「へ」

――初めて？

聞き捨てならない台詞に思わず彼を見る。ハイネは腰をいやらしく動かしながら頷いた。

「ええ、初めてですよ。当たり前ではありませんか。私にはあなたという人がいるのですから」

ふふ、と笑い、彼が言う。

「ですが、性交とはこんなにも気持ち良いものだったのですね。他の女と肌を合わせるなど死んでもごめんですが、あなたとならいくらでもしたいし、実際できる気がします。ええ、あなたに私という存在をどこまでも刻みつけたい。そう、思いますよ」

「え、ええと……私はそこまでは……要らない、かしら」

口調は優しいのに目がギラギラとしていて怖かった。

間違いない。このままでは抱き潰されてしまう。

新婚初夜から抱き潰される心配をしないといけないなんて、どういうことだ。

私にとっては大当たりの物件を引いたはずなのに、蓋を開けてみれば外れ……とは言わないまでも、求める条件と違いすぎて困惑しかない。

「フレイ、愛してます」

肉棒を奥に押しつけながら、ハイネが身体を倒してくる。

「ん、んんっ」

唇に吸い付かれ、舌を捻じ込まれた。わざと音を立てる淫らなキスをされると同時に、腰を押し回される。

その心地好さに、媚肉が戦慄いた。もっとくれとばかりに絡み付く。

「んっ……んんっ……」

いつの間にか、互いの両手を絡め合っていた。

あまりの心地好さに、何もかもがどうでも良くなっていく。緩く突かれるのがたまらない。気づけば彼の動きに合わせるように腰が揺れていた。

「は……あ……んっ……」

「フレイ、顔が蕩けていますよ。気持ち良いんですね」

「あ、ン……ハイネ、もっと……」

「キスですか？　それとも、こちら？」

言いながら、ハイネが膣奥をコツンと叩く。カリ首が引っかかる感じが気持ち良い。甘ったるい声が自然と漏れ出てしまう。

「はあんっ……あ、両方……」

「ええ、構いませんよ。私の愛しい妻のためですから。今夜は私たちが夫婦になった記念の日。朝まで愛し合いましょうね」

「え、朝までって……んっ」

唇を塞がれ、声を封じられた。

グリグリと膣奥を刺激されれば、思考は甘く解けていく。

痛みなんてどこにもない。

――ああ、駄目。気持ち良い。

覚えたての快感に逆らいきれず、キュウッと迎え入れた雄を締め付ける。

互いの唾液を啜り合う濃厚なキスを交わしながら、悦楽に酔いしれた。

やがて、ハイネが再び熱を吐き出す。

二度目の吐精。それを受け止め、今度こそ私はベッドに倒れた。

「もう……駄目」

体力の限界だ。だが、夫がそれを許してくれるはずもなく。

「まだまだ夜はこれからですよ」

「う、嘘でしょ」

「朝まで愛し合いましょうと言ったでしょう？　もう一度、しましょうね」

語尾にハートマークがついている気がした。

恐怖に震えながらもなんとか告げる。

「わ、私……もう……限界で。その……朝までとか無理だから」

嫌とかではない。本当に、身体がしんどいのだ。

私の渾身の訴えに、ハイネは「そうですか」と少し考える素振りを見せた。

よかった。もしかしたら解放してもらえるかも。

期待しながら彼を見ると、ハイネは真顔で言ってのけた。

「そうですね。それでは……あと一回だけ」

「……え」

「？　なんですか？」

キョトンとするハイネ。どうやら冗談で言っているわけではなさそうだ。

嘘だろうと思ったが、これ以上の妥協は無理だと彼の表情から察した私は頷いた。

「わ、分かったわ」

仕方ない。それで手を打とう。

あと一回。あと一回頑張れば眠れる。

だが、その約束が守られることはなく、甘い責め苦は一晩中続き。

私の初夜は、気づけば朝日がカーテンを照らしているという悲しすぎる結末を迎えたのだった。

第二章　彼は私が好きらしい

「あ、う……くぅ……」

怒涛の初夜が終わった次の日の昼間。

私は自室のソファに横になりながら腰を摩り、呻いていた。

「あ、ああああ……腰が……腰が痛い……」

痛み止めは飲んだが、全然効いた気がしない現状に、涙が出てくる。

昨夜、初夜だからと張り切りまくった夫は、文字通り朝まで私を抱き続けた。

そうして全身の痛みと眠気に倒れる私をメイドたちに任せ、己は元気に仕事に出掛けたのだ。

私に行ってきますのキスを強請って、やりたい放題してから。

夫をなんとか見送ったあと、倒れるように眠り、昼前に目を覚ました私はメイドたちに風呂に連れて行ってもらった。

悲しいことに、自分で立てなかったのだ。

湯船に浸かっているうちに動けるようにはなったが、絶対にハイネに抱かれすぎたせいだと思う。

ずっと腹の奥が痙攣している気がしたし、何もないはずなのに、肉棒がまだ挟まっているような感覚もあった。

よろめく私をメイドたちはよく世話してくれた。

労ってくれたし、優しくしてくれた。

そして今、なんとかひと息吐くところまでくることができたのである。

ソファに情けなく横になるのはみっともないと分かってはいたが、普通に座るのも辛いのだ。腹と腰がズキズキしていて、痛み止めが効いてくるまでは目溢しして欲しい。

「う……ううう……」

ソファの前にあるローテーブルの上には、先ほどメイドが置いていった遅めの昼食がある。

私の胃を考慮してくれたのか、温かいスープがメインだ。とけるまで煮込んだ野菜や肉が入っていて、美味しそうな匂いが食欲を誘う。

早く食べたいと思う。思うのだけれど、まだ胃がひっくり返っていて、手を付けるのは厳しいところだ。

「……初夜って大変なのね」

昨夜のことを思い出しながら、ため息を吐く。

いや、本当に予想外だった。

白い結婚をするつもりで意気揚々と結婚してみれば、相手は私のことが好きで、抱く気満々だったのだから。

熱烈な告白と執拗な性交。普段とは別人すぎる様子で、素直に熱い想いをぶつけてくるハイネ。

重すぎるそれを一晩掛けて見せつけられれば、気持ちを疑う方が馬鹿だと思う。

私の夫であるハイネは、どうやら本当に私のことが好きで、だからこそ私との結婚を受けたらしいと思い知らされた。

「でも、一体いつから私のことが好きだったのかしら」

少し薬が効いてきた気がしたので、ソファから身を起こす。

スプーンを手に取り、用意されたスープを飲んだ。

時間が経過したせいか、スープは適温になっており、飲みやすい。

「はあ……身体が温まるわ」

空っぽの胃に染み渡る。

柔らかく煮込まれた野菜も美味しく、疲れ切った身体と心を癒やしてくれる気がした。

しばらく無言で食事を続ける。

具だくさんのスープを食べ終わり、メイドに片付けをお願いする。有り難いことに食後のお茶とお菓子が出てきた。

お茶は、侯爵家特製ブレンドティー。お茶菓子は、フィナンシェやマドレーヌといった焼き菓子の盛り合わせだった。

もう少し食べたいと思っていたので、菓子を楽しみながらお茶を飲む。

考えるのはやはり、昨日、夫になったハイネのことだ。

彼がいつから私のことを好きだったのか、それがどうしても気になっていた。

だって、そんなに彼と接点があったわけではないのだ。

ずっと好きだったと言っていたくらいだから、ここ一、二年の話というわけではないのだろうが、本当にそれらしき接触が思い出せない。

もし惚れられていると知っていたなら結婚相手には選ばなかっただろうに。

悔しく思うも、今更どうにかできるわけもない。

結婚を取りやめる、なんて現実的ではないし、そんなことをすれば兄の顔を潰すことになってしまう。このままハイネと結婚続行。私が取れる選択肢はひとつしかないのだ。

「まあ……それは別に良いんだけど」

彼のことは冷徹眼鏡としか思っていなかったが、昨日の感情を露わにする様子は悪くなかった。そんな風に思っていると、後ろから声がした。

「何が別に良いんです？」

「っ⁉」

慌てて振り返る。そこには昨日私の夫となったハイネが不思議そうな顔をして立っていた。

思わず時計を確認する。

早い。

宰相が帰ってくるとは思えない時間だ。だってまだ夕方にもなっていない。

「ハ、ハイネ……ずいぶんと早かったのね」

「？　新婚なのですから早く帰るのは当然でしょう。陛下にもお許しをいただいていますよ」

「そ、そうなんだ……」

新婚だから早く帰る。

そう言われれば、なるほどなとは思うが、それがハイネとなると嘘だろう？　と思ってしまう。

てっきり結婚式の次の日からバリバリと仕事して、帰ってくるのは真夜中。次の日は早朝から出勤……なんて生活になるものと思い込んでいたので、予想だにしなかったのだ。

「さ、宰相って忙しいんでしょう？　こんなに早く帰って大丈夫なの？」

「おや、私の心配をしてくれるのですか。嬉しいですね」

「……お兄様の心配をしているのよ。あなたがいなくなって困るのはお兄様じゃない」

なんだか妙に照れくさくなり、憎まれ口を叩いてしまった。

ハイネは気にした様子もなく頷く。

「大丈夫ですよ。むしろ陛下の方が早く帰れと協力的でしたから」

「嘘でしょ」

ハイネが早く帰宅したのはどちらかというと兄のせいだったことを知り、愕然とした。

兄め、何をしてくれているんだと思っていると、ハイネが私を見ていることに気がついた。

「？　何かしら」

「いえ……その、体調はどうかと思いまして。朝は時間がなく、メイドたちに任せるしかありませんでしたから」

「ああ、体調なら大丈夫……じゃないわね。全然駄目。腰もお腹も痛くて、さっきまで動けもしなかったもの」

平気、と言おうとして、気がついた。

これで大丈夫だと言えば、また今日も夜に抱かれてしまうのではないだろうか、と。

昨夜の散々私を貪ったハイネを思い出せば、ないとは言いきれない。

毅然と体調不良を訴えると、ハイネはあからさまにがっかりした。

「そう……ですか。あなたの身体が平気そうなら、今夜も部屋に伺おうと思っていたのですが、さすがに難しそうですね」

「そそそ、そうね！　全身の痛みが酷くて、とてもではないけど付き合えないわ！」

やっぱりする気だったのか。

見栄を張らなくてよかったと思いながら、再度体調不良であることを強調する。

さすがに私がこうなっている原因が自分にあると分かっているのだろう。今度は申し訳なさそうに頭を下げてきた。

「すみません。初めてのあなたの身体を労りもせず、自分勝手に貪ってしまって。その……あなたを妻にできた喜びに耐えきれず、暴走してしまいました」

「暴走したって自覚はあるのね」

「はい」

謝るハイネというのも稀少だと思いつつも、口を開いた。

「終わったことだから構わないけど、少しは手加減してちょうだい。……本当にさっきまで身動きするのも辛かったんだから」

「……善処します」

「……」

無言になった。

だって私は知っているのだ。

善処するというのは、うちの国の政治用語で『無理です』を誤魔化しているだけの言葉だということを。

つまり、頑張りたいけど無理だと思う。そう、ハイネは言っているのだ。

私は頭痛がすると思いながらも気を取り直し、彼に言った。

「あなたね。……はあ、もういいわ。とりあえず一緒にお茶でもしない？」

「誘っていただけるのですか!?」

嬉しそうに目を輝かせるハイネ。その彼に私は「ええ」と頷いた。

「私、あなたに聞きたいことが色々あるのよ。こうして夫婦となったわけだし、せっかくだから疑問を解消しようと思って。構わないかしら？」

「ええ！　なんでも聞いて下さい！」

弾んだ声で頷くハイネを見て、そういうところとかね、と思う。

私の前で別人のように態度が変わる理由。その辺りは絶対に聞きたいところである。

メイドたちを呼び出し、ハイネの分のお茶も用意してもらう。

彼女たちが下がったのを確認してから、私は慎重に話を切り出した。

「あのね、まず聞きたいのは、あなたがいつ、私を好きになったかってところなんだけど」

一番に聞きたいのは間違いなくこれだ。

態度が違う話も聞きたいところだが、それより、彼が私をどこで見初めたのか。それがどうしても知りたかった。

「いくら考えても分からないのよ。だってあなたと私って、殆ど接点がなかったでしょう？　なのにあなた言ったわよね。ずっと好きだったって。ずっとと言うくらいなのだもの、ここ一、二年ということはないと思うし」

疑問をそのままぶつける。答えてくれるか心配だったが、ハイネはあっさりと言った。

「あなたを好きになった時期ですか？　それなら十年前ですけど」

「十年前⁉」

予想以上に昔の話にギョッとした。

十年前と言えば、私がまだ十歳の頃だ。

そんな時から好きだったと言われ、びっくりした。

「え……私、その頃ってまだ子供だったと思うのだけれど」

「私もそれは同じですよ。フレイ、覚えていませんか？　十年前、あなたが私に言ってくれた言葉」

「？」

そもそも会ったこと自体を覚えていないので、言葉と言われても分かるはずがない。

だけど彼の言い方だと、それなりの対話があったようだ。

「私、十年前にあなたと話しているの？」

「ええ。その言葉があったから、私は今、こうして宰相という地位にまで上り詰めたのですよ」

「全然覚えがないわ」

ハイネが出世街道を駆け上がった切っ掛けが自分と聞かされ、首を傾げた。

そんな重要な話をしているのなら、いくら十歳といえど、多少は覚えているものではないだろうか。そう思ったのだ。

だが、いくら思い返してみても、思い出す要素すらない。

「ごめんなさい」

「いえ、あなたは小さかったのですから、仕方ありませんよ」

素直に謝ると、ハイネは優しく微笑みを浮かべた。それが本当に仕方ないというような顔で、ドキッとする。誤魔化すように言った。

「……教えてくれる？」

「ええ、もちろん。――あれは十年前。私がまだ、自身を天才だと自惚れていた頃の話です」

懐かしむような顔をしてハイネが話し出す。

それはほんの些細な出会いで、私にとってはなんでもない対話だった。

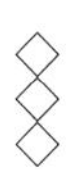

十年前、ハイネは、同年代の少年たちの中でも頭一つ抜きん出た存在だった。

一を聞いて十を知る。その言葉がぴったりくる神童だったのだ。

彼はとても優秀で、だけどまだ子供だった。だから自惚れてしまったのだ。自分は天才。努力なんて必要ない、そう思ったのだ。

自身には才がある。

誰よりも優れた才能が。

実際、彼より優秀な同世代はいなかった。だから彼の自信とプライドはどんどん高くなっていった。止められる者は誰もいなかった。

親が止めればとも思うが、彼は早くに両親を失っていて、すでに侯爵位を継いでいた。彼の独走と暴走は止まらなかった。

だが、それはある日、いとも簡単に打ち砕かれた。

城にやってきたセイリール・ノルンという名前のハイネと同い年の少年によって。

彼は伯爵家の次男で、それまで事情があって隣国に預けられていたという。

ようやく国に帰ってきた少年。長い黒髪を後ろでひとつに束ねた、同じく黒い目をした彼は、本物の天才だった。

ハイネなんか足下にも及ばない、正真正銘の天才。

ただ、かなり自由な性格……というか、相当な変人だった。

自分の気が向くことしかしない。だけど、誰もが認める本物。

突然現れた鬼才を皆は称賛し、将来が楽しみだと笑った。

ハイネというニセモノの存在はあっという間に忘れられ、今まで彼が座っていた席には本物が座した。

ハイネは悔しかった。

生まれて初めて知る挫折。自分は天才なんかではなかったのだと認めざるを得ない現実。

今までチヤホヤしてきた者たちは、皆、セイリールの下へ行ってしまい、彼の周囲にはもう誰もいない。

気づけば彼はひとりで、実は何も持っていなかったのだと否応なく理解させられた。

だけど、このままでは終われない。

なんとかセイリールを見返してやりたい。自分の行きたい場所にあっさりと到達する彼。

その彼の悔しさに滲んだ顔が見たいと、そう思ったのだ。

だけど、どうすればいいのか分からない。

そんな折だ。城の庭を散歩していた私と、彼は出会ったのだ。

庭の隅で、悔しさに震えるハイネ。

覚えてはいないが、どうやら私の方から声を掛けたらしい。

彼が泣いていると勘違いし、大丈夫かと言ったのだと。

ハイネは私の顔を知らなかった。

当時私は十歳で、あまり多くの人の前に出ていなかったからそれも仕方ない。私が積極的に皆の前に出るようになったのは、兄が即位した直後くらいからだ。

ハイネにとっては、どこの誰とも分からない少女など、邪魔でしかない。

相手などしたくなかったが、心配されているのに追い払うことはさすがにできないと思った。

だから言ったのだ。

「体調に問題はない。ただ、どうしても勝てない男がいて、悔しいだけだ」と。

十歳の少女相手に本音を告げるなど、常の彼なら絶対にしなかっただろう。

だけど、その時は彼も心が弱っていて、つまりは結構限界だったのだ。誰でも良いから、自分の胸の内を聞いて欲しい。そんな気分だった。

「そう。なら、あなたはその人に勝つための努力はしたの？　努力不足だったということはない？」

胸の内を曝け出したハイネに、私は首を傾げながらこう言ったそうだ。

彼は反射的に「努力など凡人がすることだ。私のような才ある者がすることではない」と言い返したらしい。

だけど私はその言葉に納得しなかった。ますます不思議そうに首を傾げ、言ったらしい。

「でもあなたはその人に負けたんでしょう？　つまり、その人の方が賢かったってことよね？　……ねえ、足りない分を努力で埋めるのは当然のことよ。天才とか関係ないと思うの。あなたは彼に勝てると思えるほどの何かをした？　それとも、ただ黙って過ごしていただけ？　それじゃあ勝てるものも勝てないと思うけど」

「わ、分かったような口を……！」

私の言葉は、ハイネの痛い部分を的確に突いていた。

彼もどこかでは分かっていたのだ。このままの自分では勝てないと。なんとかしなければならないのだと。

だけど、努力など凡人のすることで自分の選択肢にはないと思っていた彼は、無意識に努力することを自分の中から排除していた。

そのことに、私の言葉で気づかされたのだ。

ハイネは悔しがるばかりで、セイリールに勝つための努力など何一つしていなかった。

それでは差が開くのは当たり前で、それを埋めて更に追い越そうとするには、努力が必要なのだとようやく彼は理解した。

自分は才能の上に胡座を掻いていただけの馬鹿だったのだと、そんな自分が本物の天才に勝てないのは当たり前だと認めたのだ。

「……」

「どうしたの？」

無邪気に尋ねる私に、彼は黙って首を横に振り、その場を立ち去った。今すぐ、自分にやれることをやらなければ。そんな気持ちでいっぱいだったのだ。

そして、それから彼の努力の日々は始まった。

馬鹿にしていた努力を、誰よりもした。

死に物狂いで机に向かい、資料を調べ、見識を広めた。

先人に教えを乞い、新しい知識を自分のものにし、そして気づいた時には、史上最年少で宰相という地位に立っていた。

もちろん出世したのは自分だけでない。セイリールも国王の相談役として抜擢された。

セイリールはやはりどこまでいってもハイネが追いつくことのできない天才で、だけど彼は確かに自分の手で『宰相』という地位を勝ち取ったのだ。

「あなたのおかげで、目が覚めたんです。愚かな自分に気づくことができた。本当に感謝しています」

「……」

ハイネの話を聞き、私は確かに昔、そんなこともあったなと思い出していた。

庭を歩いていた時に見つけた年上の男性。彼が今にも泣きそうな顔をしているのが気に掛かり、痛いところでもあるのかと声を掛けたのだ。

ハイネが言ったような会話もした覚えがあるが、それで終わり。

そのあと礼を言いにきた、とかもなかったし、忘れてしまってもしょうがないと思う。

それに、それに、だ。

「あなた、確かその頃は裸眼だったわよね？　あと、話し方が今と違ったような気が……」

出会った彼は、眼鏡を掛けていなかった。そして気づいていなかったから仕方ないが、王女である私に対し、敬語だって使わなかった。今の、眼鏡を掛け、どんな時でも敬語を崩さないハイネとは違いすぎる。

「ああ、目は単に悪くなってしまっただけです」

私の指摘に、ハイネはなんでもないことのように言った。

「あれから必死で努力を重ね、成果が出たのは良かったのですが、視力が落ちてしまいましてね。裸眼では書類を見るのもキツいので眼鏡を掛けるようになりました」

「近眼？」

「はい、そうです。夜遅くまで勉強していましたから、当たり前といえば当たり前の結果ですね」

視力が落ちただけだと告げるハイネの顔をまじまじと見つめる。

銀縁の、彼をより冷徹に見せる効果のあるスクエア型の眼鏡。それは最早彼の顔の一部分と言って良いのではないかというくらい、綺麗に嵌まっている。

彼の素顔は昨日の夜に見たけれど、こちらの方が『ハイネ』という感じがするのだ。

まあ、冷徹眼鏡と思っていたくらいなのだから、私は彼の眼鏡を彼の一部だと認識していたのかもしれない。

「……あと、口調のことですが」

くだらないことを考えながら彼を観察していると、そっと私から目を逸らし、ハイネが言った。

「女官たちが話しているのを偶然聞いたのです。あなたの男性の好みは落ち着いた大人の男だと。それでその……落ち着きを演出するために話し方を変えました」

「……え」

まさかの私の好みに合わせた発言に、二の句が継げない。

確かに昔、女官たちに男の好みを聞かれて、その時思っていたことを告げたのは覚えているが、それをハイネが知っていて、なおかつ実行に移しているとは誰が思うというのか。

「あなたに少しでも大人っぽい落ち着いた男だと思われたくて……」

恥ずかしそうに告白するハイネを凝視する。

好きな人のためにわざわざ自分を変えようとする男だとは思わなかったのだ。

しかもその相手が自分とか、もう色々びっくりである。

「え、えーと、でも、その話からじゃ、どうして私を好きになったのかは分からないけど」

なんだか落ち着かなくて別の話題に変える。とはいっても、主旨は変わっていないのだけれど。

「私の発言で、あなたが気づきを得たというのは分かったわ。でも、それで好きになったって感じでもないように思えたけど。大体私はその時思ったことを言っただけ。特別なことをしたわけではないしね」

「ああ、それはですね」

私の疑問にハイネが頷く。

「最初は、あなたを見返してやろうと思ったんですよ。努力しないのかと言ったあなたに、胸を張って『した』と言いたいって、だからまず、あなたのことを調べたのです」

調べれば私が王女だということはすぐに分かる。

まだ十歳の幼い王女。だけどハイネはその彼女に認められたいと思った。

ちゃんと努力をしたのだと、胸を張って伝えに行きたい。見返したいと考えたのだ。

「努力なんて馬鹿らしいと思うたびにあなたを思い返し、堪えました。あなたに『それじゃ負けるのも当然』だなんて言われたくなくて……いや、違いますね。多分私は褒めてもらいたかったんです。他ならぬあなたに」

「……」

笑みを浮かべ、私を見るハイネ。だけど今彼が思い出しているのは過去の私なのだろう。

「そのうち、あなたに認められたいから、あなたに相応しい男になりたいと思うようになりました。あなたを守れる男になりたいと。どうしてそう思うようになったのかなんて、馬鹿でも分かります。私はいつの間にかあなたのことを好きになっていたんです」

「……ハイネ」

「気づいた時には、とっくに目標も変わっていました。私の目標は、セイリールを追い抜きたいだったはずなんです。だけどいつの間にかそれが、あなたを娶れるだけの価値のある男になりたいに変化していた」

「……」

「あれだけ、セイリールに拘っていたはずなのに、おかしいでしょう？　まあ、もちろん今でもセイリールは嫌いですが。いくら努力しようと、あの男には届かない。それがどんなに悔しいことなのか、あれは全く理解せず、私に接してくるんですよ。これ以上なくムカつきますね」

「そ、それは、そうかも……」

自分が至れない高みへ簡単に上っていく隣人の存在は、彼にはいつまで経っても目の上のこぶでしかないのだろう。

必死で努力し、だけども決して到達できない場所。そこにいるセイリールを嫌う気持ちは分からなくもない。

「意識しているのが自分だけだというのも、腹が立ちます。セイリールにとって私は、ライバルにすらなれていないんですよ。同じ舞台に立てていない」

「そ、そんなことはないと思うけど」

ハイネだって、史上最年少で宰相に就任した天才と呼ばれるに相応しい人だ。

だが、彼は否定した。

「実際、そうなんですよ。あれの興味が私にあったことなど一度もないんですから」

「……」

「でもいいんです。そんなことより、もっと大事なものを私は見つけましたから」

「え……」

「吐き気がするくらい嫌いなセイリール。彼を意識せずにはいられない日々は、あなたという人を好きになって変わりました。言ったでしょう？　あなたを娶れるだけの価値のある男になりたいって。そう思うようになったから、彼が私と一緒に陛下の隣に並んでも許せるのです。私にとって一番大事なのは、あなたに認めてもらうこと。あなたが私を見てくれるのなら、あの男のことだって無視できる」

「……」

目標としてきた男すらどうでもいいと言ってのけるハイネから目が離せない。

告げられた深すぎる愛に、胸が詰まりそうだった。

ハイネが瞳を優しく細めて私に言う。

「愛しています、フレイ。私はあの日からずっと、あなただけを求めていた。あなたがいるのなら他に何も要らないし、どうでもいいと本心から思えます。いつだって私にはあなただけが特別なんです」

想いの籠もった告白に、全身がカッと熱くなる。

異性にこんなに熱く求められたことなど、今まで一度もなかった。それとなく好意を告げられたことはある。だけど、こんな風に、なりふり構わず私だけを求めて……というのは経験がなかった。

一途すぎる想いをくれたハイネに、私が返せるものはあるのだろうか。

普通ならば、何も考えず、ただ受け取ればいい。だが、彼は私の夫なのだ。

少し考え、私は彼の名前を呼んだ。

「……ハイネ」

「はい」

「そちらへ行くわ。じっとしていてちょうだい」

「？　はい」

私の意図が分からず不思議そうな顔をするハイネ。私はソファから立ち上がり、彼の方へと歩いていった。近くに立ち、その頭を撫でる。

「えっ……」

「ハイネはちゃんと努力したと思うわ。ええ、認めてあげる。今までよく頑張ったわね。すごいわ」

思った言葉を告げ、微笑む。

ハイネは私に認められたかったのだと言った。褒めて欲しかったのだと言った。

だからきちんと成果を出し、宰相という地位に辿り着いた彼を褒めてあげようと思ったのだ。

今更かもしれないけど。

しないよりはいいかなと思うから。

「……」

ハイネが呆然と私を見ている。その目からつーっと涙が一筋零れ落ちた。

「え、ちょ、ちょっと」

「す、すみません。まさかあなたからそんな言葉を掛けてもらえるとは思わなくて……」

嬉しい、とハイネが微笑む。目尻に溜まった涙がまた、頬を滑り落ちた。

彼は眼鏡を外し、目尻を拭う。

「お見苦しいところをお見せして申し訳ありません」

「い、いえ、そんな風には思わないけど……」

ただびっくりしただけだ。そう告げると、彼は「よかった」とホッとしたように言った。

「あなたから褒めてもらえたと理解した瞬間、色んな感情が急激に顔を出して、我慢できなくなりました。人前で泣いたのなんて初めてですよ。格好悪いですね」

そう言って笑う彼にドキリとした。なんだかとても綺麗なものを目にした、そんな気持ちになったのだ。

私は慌てて手を退け、元のソファに座り直した。

ハイネが残念そうに言う。

「おや、もうおしまいですか？」

「え、ええ。そんなに何度もしては価値が落ちちゃうじゃない」

そんなこと全く思っていなかったが、今のなんとも表現しようのない気持ちをどうにか誤魔化したくて言った。ハイネが、目を瞬かせる。

「？　何よ」

「いえ、その言い方ですと、また褒めていただけるのかと思いまして」

「っ……ほ、褒めるようなことがあれば、よ！」

自分の発言の意味に気づき、恥ずかしくなった。破れかぶれで告げる私にハイネは「はい」と頷く。

「分かりました。またあなたに褒めていただけるよう頑張ります」

「わ、私の基準は厳しいから」

「ええ、望むところですよ。新たな目標ができて嬉しいくらいです。あなたに褒めてもらえるのなら、どんな努力でもしようと思えますから」

当たり前のように告げるハイネ。

ふと彼が、努力しない人間を嫌っているという話を思い出した。

彼が努力しない人が嫌いなのは、もしかしたら愚かだった昔の自分を思い出すからではないだろうか。なんとなくだけど、そんな風に思った。

「どうしました？　ぼうっとして」

「い、いいえ。なんでもないわ。ごめんなさい」

ハイネから声を掛けられハッとした。いつの間にか自分の世界に入っていたようだ。

軽く謝罪をし、もうひとつ気になっていたことを聞くことにする。

「ねえ、ハイネ」

「はい」

「あなた、自分が氷の宰相って呼ばれているのを知ってる？」

「はい、もちろん。自分の噂ですからね。知っていますよ」

それがなんだと言わんばかりに返され、彼が全く気にしていないことに気づいた。

氷の宰相は、彼にとって悪口ではないらしい。

「嫌ではないの？」

「別に。有象無象にどう思われようと気になりませんから」

「有象無象……」

すごい言いようもあったものだ。頬を引き攣らせる私にハイネは首を傾げながら言った。

「もちろんあなたは違いますよ。あなたは私の妻で、愛する人なのですから当然でしょう？」

「そ、そうね。えと、それで話を続けるけど、今のあなた、城にいる時とずいぶん態度が違うじゃない？」

「そうですか？　そんなに違いますか？」

「自覚がないの？　別人レベルで違うと思うけど……」

信じられないと告げると、ハイネは楽しそうに笑った。

「ほら、今も！　城ではそんな風に笑ったりしないでしょう？」

「……？」

本気で分かっていない様子のハイネ。彼はしばらく考え込んでいたようだったが、やがて結論が出たのか、納得したように頷いた。

「ああ、先ほどと同じですよ。無駄なことに力を割くのが勿体ないだけ。わざわざ興味のないものに対して微笑んでやる必要がありますか？」

「……もしかして、女性たちに冷たいというのも？」

「単に興味がないだけですね」

バッサリと言い切るハイネを呆然と見つめる。

ハイネは小さく微笑んだ。

「私は、あなた以外はどうでもいいんです。もちろん陛下に対しては誠心誠意お仕えしていますが、陛下は別枠なので」

「そ、それはそうだろうけど」

仕えるべき主人が別枠なのは当然だと思うのでそこは納得だが、なんというか、ハイネは徹底している。

城で笑顔一つ見せない彼の真実が、ただ興味がないだけだなんて誰が思うだろう。

私と兄だけが例外。それは嬉しいと思うけど――。

「あ」

そこでひとつ気がついた。

「ねえ」

「なんですか」

「私、今気づいたんだけど、婚約した時、お兄様の執務室で、あなた、いつも通りムスッとしていたじゃない。昨日だって結婚式の最中も顔色一つ変えなかったわ。目は赤くて仕事で徹夜したあとのようだったたし、誓いの口づけだって頬だった。あれは一体どういうこと？」

私が例外だというのなら、昨日の結婚式もニコニコしているべきだし、誓いの口づけだってバッチリしていると思うのだ。

しつこいと思われるかもしれないが、誓いの口づけについては、私も結構驚いたのだ。

まさか式典のキスを断られるとは思わないじゃないか。

私の指摘にハイネはグッと言葉に詰まり……何故か顔を赤くした。

「？　どうして赤くなっているの？」

「……からです」

「ん？」

ハイネがなんと言ったのかよく聞こえなかった。首を傾げ、彼を見る。

彼は真っ赤になって私に言った。

「緊張していたんですよ！　あんな近くにあなたがいることなんて、ここ十年殆どなかったんですから、緊張して当然でしょう⁉　目を赤くしていたのは、あなたとの結婚が楽しみすぎて眠れなかったからだし、誓いの口づけが頬だったのは、あなたの美しさに頭が茹だってしまって、あれ以上なんてとてもではないけれどできなかっただけです‼　本当はしたかったに決まっているじゃないですか！　あのあと、私がどれだけ自己嫌悪に陥ったと思っているんです⁉」

「知らないわよ」

立て板に水のごとくまくし立てられた言葉には驚きしかなかった。

緊張。この冷徹眼鏡が。氷の宰相が緊張。しかも楽しみすぎて眠れなかった？

疑わしいと思いつつもハイネを見つめる。彼は顔を真っ赤にしたまま、自棄になったように叫んだ。

「花嫁姿のあなたが美しすぎたのが全部悪いんですよ！　いつもの自分を装うだけで精一杯だったんですから！　もう、なんなんですか。あんなに美しく着飾って。私をどうしたいんですか！」

ついには両手で顔を覆い始めた男を、私は呆然と見た。

「どうしたいって……花嫁が着飾るのは当然だと思うけど」

「結婚式なんて取りやめにして、寝室に閉じ込めてやろうかと思いましたよ」

「……」

それは、ドン引きである。

あの冷静な顔の下で、そんな恐ろしいことを考えていたのか。

昨日の、いつもと全く変わらない彼を見ているだけに、そのギャップに驚く。

平然としながら心の中は大荒れだったと、つまりはそういうことだったようだ。

「仕方ないでしょう。十年近く、ずっとあなたを想い続けてきたんですから。この際だから白状しますが、昨日、あなたの部屋に出向くのが遅れたのも、酷い緊張をなんとか解すために色々試していたからです。実際はその……あなたとふたりきりであれば、言いたいことも言えましたけど」

「……なるほど」

それで、昨日は急に饒舌になったのか。表情もコロコロ変えるし、一瞬、ニセモノが出てきたのかと疑ったくらいだが、理由は理解した。

そして理解すると、なんとなく面白くなってくるというか……この皆に恐れられる氷の宰相が、私ひとりに慌てまくっているところを想像しただけで急に楽しく思えてきた。

「ね、緊張を解すために、たとえば何をしていたの？」

興味本位で尋ねる。ハイネは「え」という顔をしたが、すぐに真面目に答えてくれた。

「……イメージトレーニングと、深呼吸。あと、手に文字を書いて飲み込む真似をするおまじないですとか、思いつく限り試しましたけど」

「おまじない」

ハイネにおまじないとか、あまりにも似合わなすぎてびっくりだ。

だけどそれだけ彼が必死だったのだと思うと、悪い気はしなかった。

というかむしろ、良い。

「ふうーん」

「な、なんですか」

「ううん。ただ、あなたって本当に私のことが好きなのねって思っただけ」

些細なことで一喜一憂し、必死になる彼を見ていれば、彼が私に対して本気なのはよく分かる。

笑いながらそう言うと、思いのほか真剣な声が返ってきた。

「ええ。あなたは私の全てですから」

「……」

「あなたがいるから私は頑張れる。あなたが私の世界なんです」

そこまで重いのは求めていない。

うっとりと告げるハイネがちょっと怖い。

だけどどうやら、私は相当夫に惚れられているらしいと。

それだけは理解した。

昨夜は私が強く痛みを訴えた甲斐もあり、夫が寝室に訪ねてくることはなかった。おかげで今日の体調は悪くない。

ハイネと互いを知るためのお茶会をした次の日、私は侯爵邸の庭を散策していた。

そんな私は、先ほどメイドたちに勧められて庭に出ていた。

「綺麗な庭……」

「ご興味がありましたら、是非！」

「旦那様が喜ばれますから！」

強く推薦されての庭の散歩なのだが、それでどうしてハイネが喜ぶのか、よく分からない。

侯爵邸の庭は、城ほど広くはないが、きちんと手入れされていて綺麗だった。

気のせいかもしれないが、私が好きな花が多い。

私は黄色やオレンジ色の花が好きなのだが、この庭はそういう花が多い……というか殆どそんな花ばかりだった。

薔薇もあるが、赤やピンクといった定番はなく、黄色とオレンジ色が咲き乱れている。

私は好きだから嬉しいのだけれど、少しだけ作為的なものを感じた。

「ま、まあ、さすがに気のせいよね」

私が黄色やオレンジ色の花が好きだなんて知っているのは兄くらいだ。他には誰にも教えたことがないし、偶然の一致だろう。

いくら私が彼に惚れられているといっても自意識過剰はよくない。大体、庭を整えるのは年単位で時間が掛かるものなのだ。この庭は元々黄色とオレンジ色の花を多く植えてあった。それだけだろう。

薔薇のアーチをくぐり抜ける。

私が今着ているのはスカートの膨らみがないドレスだ。さらさらとしていて着心地が良く、歩くのを妨げない。ワンピースに近く、そこまで華美な装飾はないので、使いやすく気に入っている。髪は緩く結い上げてもらい、日除けのために傘を差していた。白い日傘には花の刺繍が施されている。

「しかし、昨日のハイネの話には驚きしかなかったわ」

歩きながら思うのは、夫のことだ。

好きになった切っ掛けやら何やら、疑問に思ったことをとりあえず思いつく限り尋ねてみたのだが、それに対して返ってきた答えが予想外すぎた……というより、予想以上に彼の気持ちが重かった。

誰が聞いても「ええー……それ、めちゃくちゃ執着されてる……」とドン引きするような愛され方で、私も一瞬、これは結婚相手を間違えたかと思ってしまった。

何せ、私が求めていたのは『愛のない白い結婚』なのだ。契約結婚と言い換えてもいい。それなのに蓋を開けてみれば、ものすごく愛されていましたでは、話が違うと言いたくなってても仕方ないではないか。

いや、最初に条件を確認しなかった私が悪いのだけれども。

普段の彼を知っているだけに、まさかそんな罠が潜んでいるとは思いもしなかったのだ。

絶対に兄への義理で結婚を引き受けただけだと初夜直前まで信じていたし、それでオッケー、大当たりの結婚だと思っていたのである。

「ま、まあ、私のことを大事にしてくれるみたいだから、それは良いんだけど」

昨夜、ひとりでゆっくり眠らせてくれたことを思い出す。

身体が痛かったのは間違いなくハイネのせいなのだが、労る気持ちはあるらしい。そこは大事だし、ポイントが高い。

それに、私の前でだけコロコロと表情を変えるハイネを見るのは正直悪くない。

私だけが特別だと態度で示されているようで……と、いけない。早速絆されかけていないか？

「危ない、危ない……」

ふう、と額に滲んだ汗を拭う。

危うく、結婚三日目にして、ハイネに絆されるところだった。

私は彼とラブラブ夫婦になりたいわけではないのだ。

そう、ただ、本を一日中読みふけりたいだけ。多少の自由を手に入れたいだけ。

そのために、彼と結婚したのである。

だが、実際に結婚してみれば、本を読む暇など全くない。

昨日は身体を癒やすだけで精一杯だったし、私の予定では、まずは夫の来ない初夜に徹夜で本を読み、昨日はのんびりとバルコニーで読書タイムを楽しむ予定だったのだ。

なのに、何一つ実現できていないのが実情。

これはいけない。このままではなんのために結婚したのか分からなくなってしまう。

夫に愛されてイチャイチャ、なんて私は求めていないのだ。大事な読書タイムをなんとか確保するために動かなくては。

今も、散歩を勧められて出てきたが、そんな時間があるのなら本を読めば良かった。どうして私は馬鹿正直に庭に出てきたのか。出てくるなら出てくるで、本の一冊でも持ってくれれば良かったのに。

色々失敗している現実に悲しみしかない。

「このままでは駄目だわ。なんとかしないと」

なんとかすると言っても、昨日も考えた通り離婚はできない。それなら夫に嫌われるように動いてみるかと考えたが、彼の話を聞いてからでは、ちょっとやそっとのことで嫌われるとは思えなかった。

私は、無駄なことをするのは好きではない。つまり、嫌われよう作戦！　なんて無意味なことをしようとは思わないのだ。

「フレイ」

「うわっ……！」

考え事をしている最中に、突然後ろから話し掛けられた。

元王女らしからぬ声を上げ、飛び上がる。振り向くと、仕事帰りだと分かる格好のハイネが立っていた。

「……ハイネ」

「ただいま戻りました。メイドたちから、あなたは庭に向かったと聞いたものですから」

にこりと微笑むハイネ。優しげな表情には深い愛情が滲み出ている。

私にだけ向けられる微笑み。

この顔を見られるのは私だけで、きっと今日も彼は城で周囲を凍り付かせながら仕事をしていたのだろうなと簡単に想像がついた。

「お帰りなさい。今日も早かったのね」

昨日と同じくらいの時間だと思いながら言うと、彼は「ええ」と頷いた。

「しばらくは、今くらいの時間で帰ってくる予定ですよ。今は特に急ぐような案件もありませんし、新婚の妻を多少優先したところで罰が当たるとは思いません」

「そ、そう」

「散策のお供をさせていただいても?」

「え、ええ。構わないわ」

尋ねられ、頷く。そもそもここは彼の庭なのだ。

好きにすればいいと思う。

「では、失礼して」

ハイネが私の隣に並ぶ。そうすると、彼の背が思っていたよりも高いことに気がついた。

結婚式でも並んだが、その時はそこまで気づけなかったのだ。私なりに緊張していたのだろうと思う。

歩きながらハイネが、穏やかな声で言う。

「この庭、気に入っていただけましたか？」

「え？　ええ、とても綺麗だと思うけど」

質問に頷く。

実際、私の好きな色で埋め尽くされた庭は見応えがあったし、どこを見ても楽しかった。

正直にそれを言うと、彼は破顔した。

「それは良かった。わざわざ庭を造り替えた甲斐がありました」

「なんですって？」

今、とても聞き捨てならない言葉が聞こえた。

思わず聞き返すと、ハイネはキョトンとした顔で言う。

「何って……庭を造り替えたんですよ。その、お恥ずかしいことにうちの庭は、あなたの好みのものでは全くなくて。こうするにはかなりの年月が掛かりました」

「造り替えた？」

「はい。あなたは黄色やオレンジ色の花がお好きだと聞きましたので。あなたに楽しんでもらえるよう造り替えたのですが……ご不満でしたか？」

――う、わ。

心配そうな顔で聞いてくるハイネに、頭痛がすると本気で思った。

先ほど感じた嫌な予感は気のせいではなかったのだ。自意識過剰とかでもなんでもなく、彼は私のために庭を造り替えたのだと、そう言っている。

私はこめかみを押さえながら、彼に確認した。

「ええーと、聞いてもいいかしら。私が黄色とオレンジ色が好きって教えたのは？」

「陛下ですが」

「……」

まあそうだろうなと思う。

兄しか知らない話を知っている時点で、犯人は明らかだ。

しかしまさか知らないところで兄に私の情報を売られていたとは……びっくりである。

ということは、兄もハイネが私のことを好きと知っていたということになるのではないだろうか。

——なるほどね。

結婚相手を探していると言った時、真っ先にハイネを紹介された理由が分かってしまった。

私の提示した条件に合うし、ハイネが私を好きなことも知っている。これは！　と思ったのだろう。

終わったことだからもう構わないけれど、その時それを知っていたら、全力で断っていたと思う。

しかし、だ。

私のために造り替えたという庭を改めて見渡す。

かなりの年月が掛かったというくらいだ。相当前から造園作業を始めていたのだろう。

気の長い話だと思いながら、考えついたことを口にした。

「ねえ、わざわざ時間を掛けてまで庭を造り替えて、私と結婚できなかったらどうする気だったの？」

そこまで準備して、結婚できなかったら笑い種である。

私の冗談めいた質問を聞いたハイネは首を傾げ、当たり前のことを告げるように言った。

「結婚できなかったら？　私の未来はあなたと結婚するの一択でしたが」

「……」

聞くんじゃなかった。

顔を引き攣らせる私に気づかないハイネは、綺麗に笑いながら断言した。

「あなたを好きになった時から、絶対にあなたを貰い受けると決めていました」

「決めていたって……私の結婚を決めるのはお兄様よ。そしてお兄様は私をできれば他国の王族に嫁がせたいと思っていたはず。確かに結果として、私はあなたに嫁いだけれど、もし私が別の人と結婚することになったらどうするつもりだったのって聞いてるの」

「別の人間と結婚？」

「そ、そうよ」

声音が低くなったなと思いながらも頷く。

彼は今まで私が見たことのないような冷たい顔をして言った。

「そんなこと、私が許すとでも？」

「……」

「そんな愚かなこと、させるはずがない。ありとあらゆる手段を講じて潰してきましたよ」

「……」

好戦的に告げられた言葉を聞いて、あ、これはすでに色々やらかしたあとだなと察した。

私は気づいていなかったが、どうやら今までにも縁談の話はあったようだ。そしてそれをハイネが潰してきたと、多分そういう話だろう。

なるほど。私がこの年になるまで婚約者のひとりもいなかった理由が分かったような気がした。

そして同時に、私はこの男と結婚するしかなかったんだなと改めて思った。

話が来ても宰相である彼が潰していくのなら、私に結婚のチャンスはないのだから。

兄もそれが分かっていたから、サクサクとハイネを薦めたのかもしれない。

こんな重い執着を側で見せつけられれば、妹を差し出すより他はないと思ったのだろう。

兄としては信頼するハイネに恨まれたくないだろうし、私を嫁がせるのが一番確実。

兄の考えがようやく見えた私は嘆息した。

――体の良い人身御供じゃない。

この執着を知ったあとなら、私を差し出せば絶対にハイネが兄を裏切らないというのは分かるし、だとしたら人身御供というのは間違っていないと思う。

ああ、本当に頭痛がする。

とんでもない夫を引き当てたものだ。

「フレイ、今夜伺いたいのですが、構いませんか？」

「……ええ」

「ありがとうございます」

「えっ……」

余所事を考えていて、何を言われたのか、自分がどう返事をしたのか、一瞬分からなかった。

そして遅まきながら、今夜部屋に来る。つまりは抱きに来ると言われたと気がついた。

同時に、自分がイエスの返事をしてしまったことも。

「あ、あの……ハイネ」

違う。今のは違うのだ。

考え事をしていて、つい返事をしてしまっただけで内容を聞いていたわけではない。

それに今夜こそは読書がしたいのだ。

夜の読書タイムは独身時代の私の楽しみで、結婚したあとも続けたいと思っていた。

だが、彼が来るというのなら、それはできなくなるではないか。

困る。とても困るから悪いけど来て欲しくない。

でも。

「……」

ああああああ！

ハイネが笑っている。

その笑顔があまりにも嬉しそうなものだったから、私はもう口を噤むしかなかった。

文句を言いたくても、来てもいいと言ったのは紛れもなく私だ。事故のようなものだけど！

「楽しみにしていますね」

ふふ、と鼻歌すら歌い出しそうに上機嫌な彼を見て、私は結婚初夜を思い出し、腰をそっと押さえるしかなかった。

「なんとか……なんとか今夜、ハイネに抱かれなくて済む方法……」

夕食も終わり、自室に戻った私は、グルグルと意味もなく室内を回っていた。

昼間、ハイネは今夜、私を訪ねると言った。

先ほどの夕食時も、去り際に「今夜が楽しみです」と実に要らない言葉を残してくれたし、来ることは間違いないだろう。

だが、私としてはとてもではないが歓迎できない。

昼間は諦めの気持ちを抱いたが、どうにかして回避できないか、そう思っていた。だって――。

「この本の続きが気になるんだもの！」

ハイネとの散歩が終わり、部屋に戻ってきてから夕食までになんとはなしに手に取った未読の本。それは恋愛小説だったのだがシリーズもので、十巻も本棚に入っていた。

ちなみに調べてみたところその話には続編があり、そちらは七巻まであるようだった。

知らない話。しかも長編。

長編好きの私が気になるのは当たり前で、ちょっとした暇潰しにと思ったのがあれよあれよという間に本の世界に引き込まれ、夕食だと呼ばれた時には「食事は要らないから本を読ませて！」と言いたくなるくらいには嵌まっていた。

一目惚れしたヒロインに激重感情を向けるヒーローの王子と、その彼からなんとか逃げようとするヒロインの女の子の話。

そのヒロインがとにかく斜め上の行動を起こしていくのが面白く、続きが気になって仕方ないのだ。

できれば、今夜は徹夜して、読めるところまで読んでしまいたい。

そしてそのためには、なんとかしてハイネとの夜の行為を回避せねばならないのだ。

「何か……何か方法は……できれば穏便にハイネに帰ってもらえる画期的なアイディア……そうだ!!」

ひとつ、策を思いついた。

私が与えられた部屋には、実は個人用の浴室が存在する。それは寝室の奥にあって、多分、夜のお勤めが終わったあとに身体を清めたりするのに使うのだろうと予測していたのだが。

確認してみたところ、大浴場ほどではないが、個人で使うには十分すぎるほどの大きさがあった。

浴槽も広く、手足をゆったり伸ばせるサイズ。

この風呂を、ハイネを追い払うのに利用するのだ。

やることは簡単。

彼がこちらへ来る直前に風呂に入り、ひたすら長風呂をするというだけの作戦。

妻を抱きに来たのに入浴中。しかも出てくる気配もない。

そのうち面倒になり、今日はもういいと、ハイネは言い出すはずだ。

私なら三十分も待たされたら、全てがどうでもよくなる。

三十分。入浴しながら読書することもある私は、一時間だろうと余裕で過ごせる。

全力でのんびり入浴し、ハイネを追い払うのだ。

彼が帰ったあとは予定通り読書タイムを楽しめば良い。

「完璧。我ながらなんて完璧な作戦なのかしら」

あまりに抜けのない計画に自画自賛する。これなら大丈夫だ。間違いなく、ハイネは自室に帰っていく。

「悪いわね、ハイネ」

全然悪いと思っていない声音で呟く。

冷静に考えれば、ハイネ相手にそんな作戦が上手くいくはずがないとすぐに分かったはずなのだけれど、私の頭の中はすでに本を読むことしかなくて。

愚かな私は、計画の成功を疑うことすらしなかった。

「——フレイ？」

——よし、来たっ！

戸惑うような声が浴室の外から聞こえ、私は浴槽に浸かりながら、拳を握った。

ハイネが来るであろう時間に合わせての入浴。

そのタイミングは我ながら完璧で、私は自分に拍手喝采した。

もう、計画が成功する未来しか見えない。

——やった。いけるわ。

今夜の楽しみを思い、ひとりほくそ笑んでいると、浴室の扉のすぐ外から声が掛かった。

「フレイ、もしかしてあなた、入浴中ですか？」

夫の戸惑いを含んだ言葉に、私は予め用意しておいた答えを返す。

「ええ、なんだか身体がべたついている気がして。ハイネが来るというのは分かっていたのだけれど、私、あなたには綺麗な私だけを見て欲しいから」

「っ」

扉の向こうで、夫が息を呑んだのが分かった。

よし、予想通りの反応だ。

こんな風に言えば、まさかさっさと風呂から上がれとは言わないだろう。特に彼は私のことが好きなのだ。好きな女にこんなことを言われたら？　普通は、待つと答えるだろう。

それが男の甲斐性というものだし、私もそうだと思う。

あとは私が根性で長風呂をすればいいだけ。彼が諦めて帰るか、私が逆上せるか。

大丈夫。勝算は十分にある。

改めて自分の完璧すぎる計画に拍手を送っていると、扉の向こうでゴソゴソいう音が聞こえた。

「？」

なんだろうと首を傾げる。まるで衣擦れのようだ……と思ったところで、浴室の扉が開いた。

「フレイ」

「きゃあっ！」

一切の躊躇なく、浴室に入ってきたのは全裸になったハイネだった。

一昨日の夜と同じで眼鏡は外している。彼は下半身を隠しもせず、実に堂々と立っていた。

「な、な、な……なんで……」

「なんでとは？　フレイが入浴中ということでしたから、それなら私も一緒にと思っただけです」

「……」

一緒に、ではない。

想像すらしなかった展開に、思わずポカンと口を開けてしまった。

「え？」

「初めは可愛いことを言ってくれるあなたを待とうかなとも思いましたが、私たちは夫婦なのですから、共に入浴したとしても問題ないでしょう？」

「……」

何を言っているのか。問題しかないのだけれど。

私たちは、ちまたでよく聞く『ラブラブバカップル』ではないのだ。

一緒に風呂に入ってイチャイチャ……みたいなのは、そういうカップルがやるもので、碌に付き合いのない私たちがしてどうするというのだ。

「あ、あの……いきなり一緒に、は、さすがに恥ずかしいのだけれど」

お願いだから羞恥というものを持って欲しい。そう思ったのだが、ハイネは心底不思議そうに言った。

「何が恥ずかしいんです？　あなたの身体はすでに全部見せていただきましたが……」

「そ、そういうことを堂々と言わないでちょうだい！」

その通りなのだが、面と向かって言われると、居たたまれない気持ちになる。

真っ赤になって叫ぶ私をハイネは無視し、かけ湯をしてから浴槽に入ってきた。

それがあまりにも自然な態度で、声を掛けるタイミングを完璧に失ってしまった。

「……」

今日は泡風呂にしていたので、彼が入ると、フワフワの泡が洗い場に流れていく。動揺しまくる私に、ハイネが言った。

「フレイ、こちらに」

「え？」

「ふたりで入るとさすがに狭いですからね。私の上に乗って下さい」

「えええええ!?」

「ほら、こうすれば広く使える」

フレイが私の腕を引き、自分の上に座らせる。浮力もあり碌な抵抗もできなかった私はあっさりと彼の膝の上に乗せられた。

さすがに向かい合うのは拒否したが、後ろから抱きしめられるような形である。

しかもそれを浴槽内で、当たり前だが裸でやっているのだ。

まさに、新婚夫婦！　なやりとりに逆上せとは関係なく顔が赤くなった。

――な、な、な……なんでこんなことに？

立てた予定と全く違う展開に泣きそうだ。

柑橘系の香りがする入浴剤の匂いがやけに気になる。

背中に彼の体温を感じ、ドキドキした。ハイネは私の腹に両手を回し、楽しそうにしている。

「こういうのも良いですね」

「……そう、ね」

良くないと言いたいところだったが堪える。作戦に失敗した今、企みを知られる方がまずいと判断したのだ。

これは間違いなく、失敗。適当に入浴したあと、約束通り寝室で……という流れになるだろう。

――ああもう！　完璧だと思ったのに！

ハイネが浴室に乱入などしなければと思うも、こうなる展開を一ミリも考えなかった自分にも非はある。

そう、私の考えが甘かったのだ。

――次回に活かそう……。

今夜はもう仕方ない。潔く諦め、妻の務めを果たすしかないだろう。

妻の務め……。

結婚した時は己に関係ないと思っていたそれが、すっかり自分の義務になり、しかも受け入れ出していると気づき、苦笑いするしかない。

だけど、仕方ないではないか。

結婚した相手は私のことがそれこそ昔から好きで、白い結婚など到底許してもらえなさそうなのだから。

さすがに結婚した夫から求められて嫌ですとは言えないし、言うような教育は受けていないのだ。

求められるのなら差し出す。夫の望みは最大限に叶えるのが妻の役目と、幼い頃より教育されている。

——はあ。じゃあもうさっさとお風呂から上がって……。

寝室で、妻の務めを果たそうではないか。そう思ったところで、ハイネの手があらぬところに触れたことに気づいた。

「んんっ⁉」

「？　どうしました？」

だから、どうしましたではない。

腹に回っていたはずのハイネの手は、いつの間にか胸にいっていた。ふにふにと乳房を揉んでいる。遊んでいるような手つきだ。

「や、ちょっと……ハイネ！　どこ触って……あんっ」

胸の頂に指が触れ、大袈裟に反応してしまった。ハイネが丸く膨らんだ先端を弄り始める。覚えさせられた快楽を思い出し、身体が震えた。

逃げようにも、もう片方の手はしっかり腰に回っていて、動けない。

「や、んっ、だめっ、こんなところでっ……」

ハイネの悪戯な指の動きは止まらない。乳首を優しく押し回され、勝手に甘えるような声が出る。浴槽内で行われる淫らな行為に、私はなんとか抵抗しようと頑張った。

「ハイネ……んっ」

「仕方ないでしょう？　あなたが可愛いのが悪いんですよ。こんな風にあなたに触れていて、私がじっとしていると、本気で思いましたか？」

「し、知らない。じゃあ、入ってこなければ良かったじゃない。って、やあっ、そこばっかり弄らないで」

執拗に乳首を責められ、泣きそうな声が出る。

擽ったいのと気持ち良いのと両方が混じり合った感覚に、蜜壺が切なく収縮したのが分かった。

この先を期待したのか、ドロリとした液が腹の奥から生み出されたことに気づく。身体は正直で、さっさと彼を受け入れる体勢を整え始めていた。

「あ、もう……」

「ふふ……柔らかかった先端が硬くなってきましたね。ここ、弄られるのそんなに気持ち良いのですか?」

「や……ちが……」

言われたことが恥ずかしすぎて、なんとか否定するように首を横に振る。だけども身体は分かりやすく彼を求めていた。私を捕まえていた方の手が股座に伸びる。確かめるように指が蜜口をなぞり、その気持ち良さに思わず甘い声が出た。

「ああんっ」

初夜に植え付けられた快楽を思い出す。あの時感じた悦びを無意識に求めてしまう。

「濡れていますね。ぬるぬるしていますから、これはお湯ではないでしょう?」

「ひんっ」

恥ずかしいことを言われ、泣きそうになる。蜜口をなぞる手つきが優しくてじれったかった。

「ああ、快楽に素直なあなたは愛らしい。ほら、ここも可愛がってあげますから、少し足を開いて」

「んっ、んんっ」

言われるままに足を開く。

ハイネの指が蜜口に潜り込む。温かなお湯と彼の指の感触が渾然一体となって、伝わってくる。前回見つけられた弱い場所を指で擦られるのが気持ち良い。もっとして欲しくて、勝手に腰が揺れてしまう。

「あっ、あっあっ……」

「気持ち良いですか?」

耳元で掠れるような低音が聞こえる。ハイネも興奮しているのだということが、その声の響きだけで伝わってきた。

「気持ちいい……気持ちいいから……」

蜜壺を掻き回す指の動きがたまらない。指はいつの間にか二本になり、三本に増えていたが、痛みなどは全くなかった。ただただ気持ち良くて、だけどもっと直接的な刺激が欲しくなってしまう。太く熱い肉棒に貫かれた時のことを思い出し、アレが欲しいと疼いてしまう。

「ハイネ……これ以上は……駄目」

いくらなんでもこんな場所で挿入するわけにはいかないだろう。そう思い、彼を止めたが、ハイネは笑って言った。

「何が駄目なんです? こんなに物欲しそうにしているのに」

「ああっ!」

一際感じる場所を指で軽く押され、キュウッと腹が縮んだ。そのまま達してしまいそうな予感に、必死で堪える。

「や、ハイネ……だから……」

「イきそうなんでしょう？　イっていいですよ」

「ち、ちが……あああっ！」

同じ場所を再度刺激され、頭の中に星が散る。

ガクンと身体から力が抜ける。浴槽の中に沈みそうになる私をハイネが危なげなく支えた。

「ふふ、可愛らしかったですよ。中がチュウチュウと吸い付いてきますね」

「……ん」

「可愛い」

首筋に吸い付かれるも、イったせいか頭がぼんやりして反応できない。そんな私の様子を見たハイネは、私を抱え上げ立ち上がった。

浴槽からお湯が溢れる。

「え……ハイネ……？」

「立てますか？」

「え、ええ。それは大丈夫だけど」

「後ろを向いて下さい。壁に手を突いて」

「？」

意図が掴めないまま、言われた通りに後ろを向く。

壁に手を突くと、彼は私の腰を突き出させた。恥ずかしすぎる体勢に抗議する。

「ちょ、ちょっと、ハイネ」

「申し訳ありません。どうしても我慢できなくて」

「我慢？　え、なんのこと……んんんっ！」

説明を求めようとしたところで、蜜口に熱が触れた。その熱は一切の躊躇なく、私の中へと潜り込んでくる。

「あああああっ！」

硬く熱い雄が捻じ込まれたのだと気づくも抗えない。肉棒は媚肉を掻き分け、深い場所まで侵入した。

蜜道に隙間なく肉棒が埋められ、雄を求めていた身体は分かりやすく悦びに震えた。

「ハ、ハイネ……こんなところで……んんっ」

浴室で立ったまま、しかも後ろから挿入されるという状況が恥ずかしくてたまらない。

太い竿はぴったりと私の中に嵌まり、どくどくと脈打っている。

「あまりにもあなたが可愛くて、我慢できなかったんです。でも、あなたも気持ち良いでしょう？　だって中、すごく熱いです」

「んっ……」

腰を押しつけられ、媚びた声が出る。亀頭が膣奥を押し上げてくるのが、心地好い。甘い悦びが挿入された場所から広がっていく。早く動いて欲しくてたまらなかった。私の腰を持ったハイネは、蜜壺の感触を楽しんでいるようで、あまり積極的には動かない。それが焦れったく、耐えきれなくなった私は、強請るように彼に言った。

「ハイネ……早く、動いて」

「おや、ずいぶんと積極的ですね。私は嬉しいですけど」

「あ、あなたがこんなことするから……んっ」

もっとという気持ちが蜜壺に伝わったのか、中の襞が悩ましげに収縮した。

雄をキュッと食い締める。

ハイネが苦しげに息を吐き出した。

「フレイ、締めすぎです」

「だ、だって……」

ハイネが動いてくれないのが悪いのだ。

言葉にはしなかったが、気持ちを察したのか、ハイネがゆっくりと腰を振り始める。入り口近くまで引き抜かれると、カリ首が引っかかるのだが、それがゾクゾクするほどの愉悦を生み出していた。

「は……ん……あっぁっ」

ギリギリまで引き抜かれたあとは、深い場所めがけて打ち付けられる。

立ったままという不自由な体勢での行為は、妙な背徳感があった。

肉棒が膣壁を擦り上げる。初日ですでに快楽を覚えさせられた身体は、その快さに簡単に酔ってしまう。

「フレイ、気持ち良いですか?」

「ひっ、あっ、ああっ」

ハイネが後ろから乳房を鷲づかみにする。胸の蕾をグリグリと虐められると腹がキュンキュンと疼く。

止めて欲しいのに、それと同じくらいもっとして欲しい。

彼がひと突きするたびに、お湯が揺れ、浴槽から泡と一緒に流れていく。

それを見ると、今自分が浴室で抱かれているのだと否応なく突きつけられた。

「フレイ、フレイ……好きです……」

ハイネが、夢中で腰を振っている。時折背中に唇を寄せられ、強い力で吸い付かれた。

「んっ」

「あなたの白い肌に私の痕が残るのはいいですね」

「はあんっ」

首筋も痛いくらいの力で吸われたが、快楽が勝っているのか気持ち良い方が強かった。

肉棒が質量を増している気がする。すでにいっぱいになっている蜜壺を更に広げられた。

「あ、ハイネ……これ以上大きくしないで」

「あなたが可愛らしいからですよ。我慢して下さい」

「ひんっ……」

「ここ、弄ってあげますね。そうしたらもっと気持ち良くなれるでしょう?」

「ひああっ」

乳首を弄っていた手が股座に降りていく。陰核を探り当てられ、グリグリと刺激された。

強烈な快感が私を襲う。ドロリと蜜が零れ、太くなった肉棒を勢いよく締め付けた。

「あっ……、そこ駄目なのっ!」

ガクガクと身体が震え出す。

陰核を弄られながら肉棒で膣奥を押されると、耐えきれない愉悦が湧き起こった。

「ひ、あ、あ……」

「イきそうですか?」

陰核を指で左右に弾きながらハイネが聞いてくる。それに私はコクコクと首を縦に振って応えた。

我慢できない。今にもイきそうで、呼吸がどんどん荒くなっていく。

「良いですよ。イかせてあげます」

「ああぁっ……！」

ガツン、と一際強く膣奥を抉られた。

一瞬、意識が飛ぶような強烈な快楽に、私は唇を大きく開け、身体を反らせた。

痺れるような快感に包まれ、陶然とする。それとほぼ同時に、熱い飛沫が浴びせられたのを感じた。ドクドクと白濁が吐き出されるのを受け止めながらも、冷たい壁に縋り付く。

「はあ……ああ……ああ……」

気持ち良すぎて、目尻には涙が滲んでいた。

精を吐き出した肉棒は萎えることなく、私の中で自己主張している。

それを感じながら振り向いた。

「ハイネ……」

「フレイ、今度は寝室で付き合っていただいても？」

彼の灰色の瞳は、全然足りないと訴えていた。

それを見て、やはりなと思ってしまう。

初夜で朝まで私を離さなかった男が、この一回で終わるわけがないと思ったのだ。

そして付き合わされるのなら、ベッドでの方がいい。

浴室で立ったままというのは、初心者の私にはレベルが高すぎた。

嫌ではなかったけれど、すごく恥ずかしかったのだ。

できれば普通に抱いて欲しい。どうせ逃げられないのだから。

「……そうね」

観念した私は大人しく、彼の言葉に頷いた。

第三章　彼は私のものですけど

風呂と寝室で啼かされた次の日、私は食堂でひとり朝食を取っていた。

ハイネはいない。

彼は仕事が忙しいのだと言って、朝早くから出勤していったのだ。昨日は散々私を貪ったハイネ。結果として、仮眠程度しか取れていないはずなのだが大丈夫なのだろうか。

ちなみに私は、案の定腰が死んでいる。

腰と……ついでに腹が痛くてシクシクする。薬は飲んだし、朝食も胃に優しいものを用意してもらっているが、それでも食べきるのが辛いと思えるくらいにはキツかった。

昨晩、寝室へ連れて行かれたあとのことを思い出す。

彼は執拗に私を求めていた。もう無理だと言っても止めてくれず、まるで獣のようだった。可愛い、好きだと何度も告げ、感じる場所を責め立て、白濁を中へと注ぎ続けたのだ。

まあ、結婚しているのだからそれ自体は構わないのだが、まるで新婚カップルのような現状に、おかしいな、こんな予定ではなかったのにと首を傾げてしまう。

いや、ハイネが私を好きだということは分かっているのだけれど。

それでも自分がこんな新婚生活を送るとは想像してもいなかったのだ。予想外の出来事を前にすると、人は思考力を失う。今の私もそんな感じなのである。

何故、自分がこうなっているのか分からない。

「うう……腰が……」

痛む腰を押さえ、ため息を吐く。近くに控えていたメイドのひとりが声を掛けてきた。

「あの、宜しければあとでマッサージに伺いましょうか？」

「え」

「奥様、大分お辛そうですし……その、おそらく今夜も旦那様は奥様のお部屋へ向かわれると思いますので」

「……」

行ってらっしゃいのキスを自分からして、出勤していったハイネを思い出す。

確かに昨日、風呂にまで乱入してきた彼なら、今夜もというのは十分に考えられる。

「……お願いしてもいいかしら」

少し考えたあと、メイドにお願いすることにした。少しでも体調を回復させておいた方が良い。そう判断したのである。

「はい！　喜んで」

メイドが笑顔で頷く。

食堂には他にもメイドや、執事たちがいたが、皆、にこにこと笑顔だった。

この屋敷の使用人たちは全員私に対して好意的で、ここにやってきた時からよくしてくれている。最初は私が元王女だからかなと思っていたが、この屋敷に暮らすようになって数日。なんとなく違うような気がしていた。

それを裏付けるかのようにメイドが言う。

「奥様は旦那様の大切な方ですから。私たちも誠心誠意、お仕えさせていただきますね！」

マッサージを申し出てくれたメイドとは別のメイドも言った。

「旦那様は、昔からあなた様を奥方に迎えたいと口癖のように言っておられましたから。念願叶い、私たちも皆、喜んでいるんですよ」

「そ、そうなの？」

なんとなくだけれど、ハイネは自分の心の内を使用人には言わないタイプだと思っていた。

意外な話を聞いたなと思っていると、今度は執事のひとりが口を開く。

「ええ、本当に。それに、奥様とご結婚なさってから旦那様はずっと上機嫌で。ウキウキしっぱなしなんですよ。あんなに浮かれた旦那様を見たのは初めてで、ああ、よほど嬉しいのだなと皆、旦那様を応援したい気持ちでいっぱいです」

「……ウキウキ」

会話内容は微笑ましかったが、私はハイネがウキウキしていると聞き、「アレがウキウキするの？」と眉を寄せてしまった。

確かに結婚してからは、彼は百面相をするかのように表情を変えはするが、それでも『ウキウキ』ほどハイネから遠い言葉はないと思う。

なので、つい正直に言ってしまった。

「ちょっと、想像つかないわね」

真顔で呟くと、食堂にいた使用人たちが全員、一斉に吹き出した。

どうやら相当面白かったらしい。というか、やはりハイネにウキウキは似合わないと皆、思っているのではないか。

それでもハイネが己の屋敷の使用人にずいぶんと好かれていること、そしてだからこそ私のことを歓迎してくれているのだと知り、悪い気はしないなとそう思った。

結婚して、あっという間にひと月ほどが経った。

ハイネとの結婚生活は、びっくりするくらいに順調だ。

彼は朝早くに出勤してしまうが、その代わり早めに帰ってきて、私との時間をできるだけ取ろうと努力してくれている。

昼間はお茶をしたり、互いのことを話したりして過ごし、夜は夫に求められるまま、身体を差し出す。

彼の愛撫はねちっこく、身体が辛い日も多いが、新婚ならこんなものなのだろう。

私の予定とは全然違う新婚なのでよく分からないが、多分、そうなのだと思う。

しかし、困った話なのだが、殆ど読書ができていない。

彼のいない時間は、侯爵家の女主人として私も色々と動いているから暇ではないし、ようやく時間ができたぞと思ったら、ハイネが帰ってくるのだ。

心のままに本を読む生活がしたくて降嫁という手段を使い、結婚したというのに、結果はこの有様。

自分に興味のない相手を選んだはずが、実は昔から好きだったと言われ、送るつもりのなかった誰が見ても正しい新婚生活を送っている。

なんだこれ、どうしてこんなことになったと思うも、正直なところ、現状、そこまで不満があるわけではなかった。

本が読めないのは困っているが、それは彼が早めに帰ってくる今だけだろうと思っているし、なんだろう。ハイネが心底嬉しいという顔をして「ただいま帰りました」という声を聞くのは意外と悪くないというか……結構いいかもと思い始めている自分がいた。

夜のことに関してもそうだ。

経験するまでは、男に身体を好き放題弄られるとか絶対に無理と決めつけていたが、ハイネに触れられるのは嫌ではないし、その……行為はとても気持ち良い。

身体の中に相手の一部を受け入れることだって、嫌悪感なんて微塵もなくて心地好いだけだったから、なんだ、想像より全然楽だなと思ってしまった。

もちろんこれは精神的な話で、肉体的にはとてもキツいのだけれど。

だけど彼に抱かれたくないとは思わないし、女として求められるのも嫌ではない……というか、わりと自尊心が満たされることに気づいたので素直に応じている。

おかげで寝不足の日々が続いているが、それを不満には思っていないし、なんとなく気持ちが満たされているというか……まあ、総合的に見て、今の生活は悪くないと思っている自分がいるのである。

本が読めないというのに。

それは私としてはかなりの驚きなのだが、まあそういうこともあるのだろう。

とりあえず、結婚相手は間違っていなかったようだという結論を得た私は、それなりに日々を充実して過ごしていた。

　そうして新たな生活にも慣れてきた頃、私は城に住む母に呼び出されたのだ。

◇◇◇

「お母様ったら心配性なんだから」

　母とのお茶会をしつつの雑談を終えた私は、ひとりで城の廊下を歩いていた。

　急な呼び出しの理由は、嫁いだ娘がどうしているか。それが気になったというもの。

　どんな新婚生活を送っているのか、幸せでやっているのか、旦那様はどんな感じなのか、私に優しくしてくれているのかと、とにかく質問攻めで、それに答えるだけで時間が過ぎてしまった。

　母がしてきた質問の中にはかなり答えにくいものもあったが……それなりに真摯に答えたと思う。

　降嫁した娘を心配して呼んでくれたのは分かっているのだ。

　大丈夫。上手くやっている。大事にしてもらっているからと、なんとか母を納得させ、お茶会に使った部屋を出てきたのだが、ずっと喋りっぱなしで疲れてしまった。

　屋敷に帰ったら、ゆっくり休養を取ろう……。そう考え、あの屋敷をすでに自分の帰る場所と認識していることに気づき、苦笑した。

どうやら私は、すっかり『侯爵夫人』であることに慣れたらしい。

王女でなくなったのはほんのひと月ほど前の話なのに、もうこちらに馴染んでいるとか、結婚前は想像もしなかったけれど、悪いことではないと思う。

自分の変化に驚きつつも、歩を進める。

案内や警備の兵は連れていない。長年暮らして慣れた場所だし、馬車までの道に危ないところなどないので、ひとりでいいと断ったのだ。

こういうところも、王女であった時ならば絶対に許されなかったので、少し自由になった今の生活を良かったなと思う。

気楽な気持ちで馬車が待っているところまで歩く。ふと、廊下の奥側に見知った……というか、最近よく見るようになった男の姿を見つけた。

その男とは私の夫で、彼は厳しい顔つきで、自分の前にいる部下と思しき男を叱っていた。

男は夫の前で身を縮ませ、ひたすら頭を下げている。成人した男性のようだが、今にも泣きそうな顔をしていて、どうやら私の夫はそれも気に入らないようだった。

眉を寄せ、心底不快だという顔をし、口を開く。何を言っているのか、廊下は声の通りが良いので聞こえてくる。

「全く、少し指摘しただけでこれですか。泣くくらいなら、最初からできる努力をしなさい」

「さ、宰相……でも……」

「でも、ではありません。言い訳など聞きたくありませんね。知っていると思いますが、私は努力しない者が大嫌いなのですよ。あなたはこの件に関して、何かひとつでも努力しましたか？　ただ、なるようになると放置していただけではありませんか？」

「ど、努力ならしました……！　より適任だと思う奴に……」

縋るように言う男に、ハイネは冷えた視線を送った。

「ああ、他の人物に仕事を押しつけたのでしたね。そして彼が必死の思いで出した結果を自らのものにした。……私が知らないとでも思いましたか？　恥を知りなさい」

「……あ、あいつは私の部下です。アレの成果は私の成果でしょう！」

「おやおや、あなたはずいぶん前時代的な考え方をする人なのですね。その人の努力はその人のものに決まっているでしょう。上前だけ撥ねて、自分のもの、なんて思える傲慢さにびっくりですよ」

吐き捨てるように告げるハイネ。その姿はまさに氷の宰相と呼ばれるに相応しいもので、男に一切の言い訳も許さなかった。

「あなたは降格です。代わりに仕事を完遂した彼を上にあげましょう」

「そ、そんな！」

「努力もせず、ただ美味しいところだけを持っていこうとする者を私は必要としていません。お疲れ様でした。今後は彼の指示を仰ぎなさい」

「待って、待って下さい！　あれは私より十歳は年下で……あいつに命令されるなんて……！」

「その状況を作ったのはそもそも自分自身であることに気づきもしない愚か者に用はありません。話は終わりです。今後、直接私に話し掛けないように。どうしても話したいことがあるのなら、あなたの新たな上司を通して下さいね」

にこりともせず告げられた言葉に、男が固まる。

話の一部が聞こえただけではあったが、何があったのかはなんとなく分かった。

上司が部下に仕事を押しつけ、その成果を自分のものにした。

そういうことなのだろう。

どこの世界でもよくあることで、だから彼もそうしたのだろうけれど、彼にとっては不幸なことに、ハイネには通じなかったのだ。

彼は自ら動かない者が大嫌いで、そして努力したのに報われないのも嫌い。

彼から直接、昔の話を聞いたからその辺りは理解している。

努力しなかった己を恥じ、心を入れ替え、高みを目指した。

そんな過去を持つ彼が、部下に仕事を押しつけるだけの男を許せるかと聞かれたら、答えはノーだろう。

とはいえ、降格というだけで済ませたのは、男に努力するチャンスを残しているからだと思う。努力しない者は嫌いだが、反省し、前を向ける者に対しては手を差し伸べる。

彼はそういう人なのである。

いやまあ、私も彼から話を聞くまでは、徹底した成果主義かと思っていたけれど。

内部事情を知ると、見方も変わるなあと改めて思う。

しかし、ここひと月、ずっと私に対してひたすら甘く、表情をコロコロ変えるハイネを見てきただけに、氷の宰相と称される彼を見るのは、なんだか変な感じだった。

同じ人物だということは分かっているのに、それでも別人ではないかと疑ってしまう。

いや、これこそが彼で、屋敷で見せている態度が違いすぎるだけなのだろうけど。

久しぶりに私の知っている冷徹眼鏡な彼を見て、これこそがハイネだとむしろ安堵感すら覚えてしまった。

冷徹眼鏡。

うん、間違いない。彼だ。

「っ、フレイ！」

「あ」

うんうんと頷いていると、私の存在に気がついたのかハイネが名前を呼んだ。

彼を見ると、いつの間にか叱られていた男はいなくなっている。

ハイネは急ぎ足で私の方へとやってきた。

「フレイ、どうしてここに」

いると思わなかった私がいて、驚いたのだろう。顔に焦りが滲んでいた。本当に私相手だと簡単に表情を変える。

「お母様から遊びにこないかって呼び出しを受けたのよ。あなたが登城したあとにね」

「そう……ですか」

「あなたってば朝が早すぎるから、お母様の手紙を持った使者の方があとに来たのよ」

ハイネはその役職からか、かなり早朝に登城する。

それを告げると、彼は納得したように頷いた。

「王太后様のお呼び出しとあれば、仕方ありませんね。それで？　護衛の兵士は？　見たところ、あなたひとりのように思えますが」

辺りを見回し、ハイネが眉を寄せる。そんな彼に私は言った。

「別に必要ないから断ったわ」

「断った、ですって⁉」

「きゃっ」

思いのほか大きな声を出され、思わず耳を塞いだ。

「もう！　急に大きな声を出さないでよ」

耳がキーンとする。涙目になりながらハイネを睨み付けた。そんな私を彼は叱責してくる。

「ひとりで行動するなど、一体何を考えているのですか。ここは屋敷ではないのです。護衛を外すなどという暴挙。二度としないで下さい」

「屋敷でないのは分かっているわよ。でも、ここが安全な場所だって知ってるもの。ハイネは少し心配性なだけ」

「心配性でもなんでも構いません。とにかく……ああもう、私が屋敷まで送ります」

苛々したように言い、ハイネが私の手を握った。

まさかそんなことをされるとは思わず、彼の顔を凝視する。

「ハイネ？」

「なんですか。妻の手を握るのが駄目だとでも言うのですか」

「別に言わないけど……ここ、お城よ？」

誰かに見られたらどうするのか。さすがに恥ずかしいのではないだろうか。

特に彼は冷徹な人物として知られているから、妻の手を引いているところなど見られたら、驚かれるだけでは済まないと思う。

　だが、ハイネはあっさりと言い切った。

「別に。誰になんと思われようが構いませんから。あなたに何かあった方が困ります」

「そ、そうなの……」

　ふうん、と頷く。

　なんだろう。妙に恥ずかしい。

　ハイネに連れられ、馬車が待っているところまで行く。幸いと言って良いのかは分からないが、特に誰かに会ったりはしなかった。

　馬車に乗る。さすがにこれ以上の見送りはないだろうと思っていたが、なんと彼も私のあとに続いて馬車に乗り込んできた。

「ハイネ？」

「屋敷まで送ると言ったでしょう」

「……もう馬車に乗ったんだから、大丈夫よ？」

　何か起こることもないだろう。そう思ったが、彼は頑として譲らなかった。

　どうしようと思ったが、馬車は私とハイネのふたりを乗せて軽快に走り出す。

　揉めている時間が勿体ないということなのだろう。確かにその判断は正しいと思う。

「……フレイ」

　馬車の中、隣に座ったハイネが私の名前を呼ぶ。車内でも彼は私の手を握ったままで、決して離そうとはしなかった。

「何？」

「その……呆れていますか？」

「なんのこと？」

本気で分からなかったので尋ねる。ハイネは気まずそうに私から目を逸らした。

その頬が少し赤い。

「その……必要なかったのに、馬車に同乗したことです」

「あら、必要ないことは分かってくれていたのね」

それなら何故そんなことをしたのか。説明を求めて彼を見ると、彼はおずおずと私と目を合わせてきた。

先ほど、部下の男性に厳しく当たっていたのが嘘のような有様だ。こういう一面を見せられるたび、彼が私のことを好きなのだと実感してしまう。

ああ、私は好かれているのだと、彼に態度を変えさせてしまうほど愛されているのだと、自惚れでもなんでもなく理解してしまう。

そして分かってしまうと、もう全部どうでもいいかなと許したくなるから困ったものだ。

自分の感情に呆れていると、ハイネが私の目を見つめたまま言った。

「もちろん、屋敷まで送る必要がないことは分かっていました。屋敷の馬車には御者もいますし、護衛も乗っている。あなたが乗車するのを見届けるだけで十分なんです。ですが……どうしてもあそこで別れてしまうのが嫌で。その……せっかく会えたのに、すぐにお別れなんて寂しいじゃないですか」

「……」

目を瞬かせる。

ハイネの口から出た寂しいという言葉に、声にこそ出さなかったがびっくりした。

寂しい。寂しいと、そんなことを思っていたのか、彼は。

――うわ……。

よく分からないものが胸に込み上げてくる。それに気づかない振りをしながら私は言った。

「……馬鹿ね。どうせ夕方には帰ってくるんでしょう？」

その言葉に、ハイネは力なく頷いた。

「はい。それは分かっているのですが、やっぱり離れがたくて……。馬鹿でしょう？　そんなこと思っているのは私だけだって分かっているのに」

「……あなただけって」

「間違っていないでしょう？　好きなのは、私だけなのですから」

目を見開く。まさか、ハイネがそんな風に思っているとは考えもしなかった。

だって彼は私のことが好きで……結婚できて嬉しいと、そう言って、私に気持ちをぶつけてくるだけだったから。

抱く時だって一方的に私を愛するだけ。私はいつも彼の想いを受け取るだけで、気持ちを返したことなど一度もなかった。

彼は何も言わなかったし、求めてこなかった。

だから私の方から何も返ってこないことなんてどうでも良いのだろうなと思っていたのだ。気にもしていないのだろうと。

まあ、返せと言われても、今の私には何も返せないわけなのだけれど。

彼が夫であることを嫌だとは思っていないし、抱かれることも構わないが、恋愛感情を抱いているとは思っていない。まだそこまで至ってはいないのだ。

ハイネがぽつぽつと言う。

「あなたが私に対して同じ気持ちを持っていないことはさすがに分かっていますよ。ずっと、結婚した今だって、私の片想いで一方通行の恋なんです」

「……それ、は」

告げられた言葉に対し、的確な言葉が返せない。困る私に彼は笑って言った。

「仕方ありません。あなたにとって私は、陛下からの命令で結婚しただけの男ですから。それを嫌だなんて言いませんせん。言えるわけ、ないじゃないですか。何を置いても私は、あなたが欲しかったんですから。どんな理由でもあなたをいただけるのならそれで良かったんです」

「ハイネ……」

「無理に私を好きになろうなんてしなくていいです。私がその分あなたを愛しますから。結婚してもらえただけで十分すぎてお釣りが来るくらいだ。大丈夫。ちゃんと分かってるんです」

「……」

「だからこうして少しでも一緒にいたいというのも、私の我が儘でしかないんです。私たちは、夫婦ではあっても好き合った恋人ではないんですから」

恋人ではない、ときっぱり告げるハイネ。

割り切っているような口調ではあったが、眼鏡越しに見える瞳は寂しげだった。

それも当然だろう。

愛する人に愛されたいというのは、誰もが抱く願いなのだから。

彼だって、その当たり前の感情を持っている。だけど高いプライドが邪魔をして言えないだけなのだと思う。

愛を乞えない。

だから今のままで十分だと告げる。

それは嘘だと、私ですら分かるのに。

もし、相手に受け入れてもらえなかったら。

きっとそれが怖いのだろう。怖いと思うほどに、彼は私のことを愛しているのだ。

だから言えない。

好きになってとは決して口にできないのだ。

——なんて、不器用な人。

彼の心情を察してしまい、なんとも言えない顔になる。

ハイネはそんな私の髪を撫で、愛おしげに言った。

「そういうわけですので、申し訳ありませんが、屋敷までご一緒させていただけますでしょうか。少しでも一緒にいたいのです。恋に狂った馬鹿な男の願いだと笑っていただいて結構ですから、どうか……」

そう告げるハイネは、やはり私に愛されることを諦めているように見えた。

確かに、今、彼に愛していると言うことはできない。

そんな感情は抱いていないし、私たちはお見合い結婚というか、兄の命令で結婚しただけの夫婦で、ハイネの想いだって結婚したあとに知ったという体たらくだからだ。

何か言えるはずもない。

だけど。

どうしよう。

すごく、困った。

愛されることを諦めているようなのに、だけどどこかで『もしかして』を求めている彼を見ていると、胸が痛くなってくる。

色々な気持ちが渾然一体となって、私に襲いかかってくる。

どうしてこんな説明しようもない心地にならねばならないのか。

私はただ、ほんの少しの自由と楽しい読書タイムが欲しくて、彼と結婚することを選んだだけなのに。

望んだのは本当にそれだけで、夫の愛情など求めてはいなかったのに、ハイネはこれでもかというくらい、私に気持ちをぶつけてくる。

返して欲しいと思わないと言いながら、見えない場所から愛されたいと訴えてくる。

そんなこと、私は望んでいないのに。想いが通じ合ったイチャラブ夫婦になりたいなど思ってはいないのに。

だけど、一心に私を想う彼のことを、私は憎からず思い始めている。

まだ愛や恋にはなっていないと思うけれど、それでも普段は冷徹な彼が私にだけ見せる様々な表情。そのギャップを悪くないと思っている。

私にだけ見せてくれる人間らしい一面。

それを知り、少しばかり彼に惹かれているのも事実。彼がどんな人なのか、もっと知りたいと考え出している自分がいることだって知っている。

少しずつだけど彼に気持ちを寄せつつある自分がいることに気づいているのだ。

今は、まだ何も言えないけれど。

——最悪だわ。

多分、屋敷に帰っても読書はできないだろう。

だって、ハイネのことが気になって仕方ないのだから。

この状況で本を読んだところで、内容が頭に入ってこないのは確実だ。

どうしてこんなことになっているのだろうと思いつつ、私は縋るように私を見つめてくる男を彼の希望通り馬鹿だと笑い飛ばすことができなかった。

ハイネに屋敷まで送ってもらってからまた少し日が過ぎた。

あの日の彼は私を屋敷まで送り届けたあと、本当にすぐ城にとんぼ返りした。

まあ、そうだろうなと思う。

宰相という重要な立場にいる彼が暇なはずはないのだ。

城に戻っていく馬車を複雑な気持ちで見送った私は、そのあとひとりでお茶をしつつ、気持ちを整理しようとしたのだが結局上手くいかず、今日にまで至っている。

考えるのに疲れたのだ。

とりあえず結婚しているのだし、ここは流れに任せよう。難しいことばかり考えていては、頭が痛くなる。

逃げていると言われればその通りなのだが、無理に急いで結論を出す必要もないと思う。出る時は出るだろう。それまでは普段通りに過ごすのが一番なのだ。

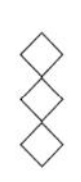

「フレイ、用意はできましたか?」

「もう少し待ってちょうだい」

ハイネが声を掛けてくる。

姿見を覗き込んでいた私は、扉に向かって声を張り上げた。

今夜は、久々に城で夜会が行われるのだ。

ハイネは宰相として参加が義務づけられているので、妻である私も一緒に出席することになっている。

侯爵家に降嫁してから行われる初の夜会。

王家主催の夜会なので久しぶりに兄にも会えるし、私はかなり楽しみにしていた。

今日のドレスは、ハイネが用意してくれたもの。

光沢が美しいシルバーのドレスは、すっきりとした形をしていてとても上品だ。

一見シンプルなデザインだが、動くとドレスがキラキラと輝くので、地味な印象を与えない。

人の目を引きつけるような美しい煌めきが楽しくて、無駄に鏡を覗いてしまう。

「奥様、動かないで下さいね」

髪を巻き、アップにしてくれていたメイドが真剣な顔で私を諌める。

私の髪は癖がなく真っ直ぐで、なかなか言うことを聞かないのだ。長時間私の髪と格闘していたメイドは鋭い目つきで最後のピンを頭に挿した。

「はい……これで大丈夫です。奥様、とてもよくお似合いですよ」

先ほどまでの鬼気迫る顔が嘘のように微笑むメイドに礼を言う。

彼女たちのメイクアップ技術は大したもので、城で働く女官たちにも引けを取らなかった。私の頑固な髪を綺麗に巻き、編み込みながらアップにしてくれている。ドレスの色に合わせたのか、髪飾りはダイヤを用いたものが使われていた。

「さすが奥様。ドレスがとても映えて……素敵です」

メイドたちがうっとりと私を讃える。それに微笑みだけで応えた。

夜会用のメイクとドレスは久しぶりで、気持ちが自然と昂ぶってくる。

ブラウン系の赤い口紅を引いた私は、文句なしに美しい。目には青色と銀色のシャドウが輝いていた。アイラインもばっちりだ。爪もグラデーションに染めてもらっているので、どこにも隙がないできあがりだと自負していた。

「フレイ？　まだですか？」

自分の出来映えに満足していると、再度夫が声を掛けてきた。急いで返事をする。

「いいわ」

返事とほぼ同時に扉が開く。入ってきたのは夜会服に身を包んだ夫だ。

黒を基調とした服は、おそらく新調したものだろう。細身の彼によく似合っていた。

黒い上衣には縫い取りがあり、中のベストは白地に銀糸が使われている。キラキラしていてかなり華やかな装いだ。

髪は後ろに撫でつけられており、形のいい額に目が行く。

「あら」

今日は眼鏡がいつもと違う。

いつもは銀縁の眼鏡をしているのに、今夜は縁のないものを掛けていた。

大分雰囲気が変わる。

「眼鏡、替えたのね」

「似合いませんか？」

「いいえ、そちらの方が『らしい』感じがするわ」

縁がないからか、素顔の彼に近い気がするのだ。

夜、彼は眼鏡を外しているので、その姿を見慣れている私にとっては、むしろこちらの方が自然なように思える。

素直に称賛すると、ハイネは嬉しそうに言った。

「あなたに褒めてもらえると嬉しいですね。もちろん、あなたの美しさには到底敵いませんが。誰もがあなたを見れば、一目で心を奪われるでしょう。……変な虫がつかないか心配になってしまいますね」

「私は既婚者よ。虫なんてつくはずないじゃない」

ふざけたことを言う夫を軽く睨めつける。だが彼の目は真剣だった。

「結婚しているかどうかは関係ありませんよ。虫は美しいと思ったものにつくのですから」

忌々しそうに舌打ちしてから、ハイネはうっとりと私を眺めた。

「ああ、でもこんなに美しいあなたが私のものだなんて、本当に夢でも見ている気分です」

そう言われて悪い気はしない。

「あなたが喜んでくれたのなら良かったけど。このドレス、あなたが選んでくれたって聞いているわ。ありがとう」

「妻の身につけるものを贈るのは夫として当然のことですから。我ながらよい品を選んだと自画自賛しているところですよ。気に入っていただけましたか？」

「ええ、もちろん」

シルバーのドレスなんて持っていなかったから、珍しい煌めき方がとても楽しい。

再度礼を言い、ふたりで外へ出る。玄関ロビーを出ると、車止めにはすでに侯爵家所有の馬車が待機していた。

馬車に乗り、王城へ向かう。

今夜は一階にある大広間が解放され、そこが夜会の会場となっていた。

久々の夜の王城の雰囲気に、懐かしさを感じる。

大広間のダンスフロアでは、多くの人たちが楽しげに踊っていた。

宮廷楽団が奏でる音楽はゆったりとしたリズムで、会場内の雰囲気は穏やかなものだ。

「フレイ、踊っていただけますか？」

「ええ」

ハイネに声を掛けられ、返事をする。

王族の嗜みとして、社交ダンスは完璧なのだ。夫に恥を掻かせたりはしない。

二曲ほど踊って、ダンスフロアをあとにした。近くを歩いている侍従を呼び止め、持っているトレイからワイングラスを取る。

「……」

先ほどまで隣にいたはずのハイネがいない。どこにいるのかと探すと、彼はたくさんの人たちに囲まれていた。彼は怖がられているが、同時に慕われてもいるのだ。

だが彼は相変わらずにこりともしない。氷の宰相と呼ばれる表情で、皆と接していた。

「少しくらい笑顔を見せてあげればいいのに」

私以外の前では決して表情を崩さない彼を見ながら小さく呟く。

温度のない声で皆と話す様子は、私が王女だった頃にも何度か見かけた。それを怖いと思っていたのだが、今はそんな風には感じない。ハイネが本当はどんな人なのか、知っているからだ。

本当の彼はとても熱い人で、表情だって豊かで、私の些細な言動に一喜一憂する。そんな人なのだ。

その一面を少しくらい皆に見せてあげたらとも思ったが、なんとなく、面白くないかもしれないとも感じた。

私だけが知っているハイネの一面を皆が知ることになる。それは嫌だなと思ったのだ。

「……あ」

考え事をしつつ、少し離れた場所から夫を眺めていると、彼を熱い目で見つめる女性たちがいることに気がついた。

綺麗に着飾った年頃の、多分同世代の女性たちは、うっとりとした目でハイネを見ている。

反射的にムッとした。

——ちょっと、その人は私の夫なんだけど。

彼女たちが楽しげに、なんなら少し頬を染めて夫を見るのが気に食わない。

すごく、苛々する。

胃の辺りがムカムカして、酷く気持ち悪かった。

理性では理解しているのだ。

ハイネは顔がいいから、鑑賞用として楽しまれているだけなのだろう、と。

氷の宰相に本気で恋い焦がれている女性がいるとは思えない。

何故ならハイネは、女性に言い寄られても、冷たく追い返す男だと皆が知っているからだ。そんな人、しかも既婚者となってしまった彼にキャアキャア言う理由など、『顔がいい』以外にないだろう。

単に、美形を見て喜んでいるだけなのだ。理屈は分かっている。

「……」

無意識に拳を握ってしまった。

なんということだろう。

分かっているのに、胸の内では、轟々と炎が燃えさかるような怒りが湧き上がり、抑えきれない。

これは違う。怒るようなことではないと理解しているのに、怒りは全く収まらない。

気持ち的には、今すぐ彼女たちの下へ行き、「彼は私の夫なんだから、邪な目で見ないでちょうだい」と言いたいくらいだ。

——ああ、もう腹が立つ。

気持ちを静めようとしても上手くいかない。それでもなんとか深呼吸をして、自分を戒めた。

彼女たちはただ騒いでいるだけ。私が怒るようなことは何もないのだと、何度も自分に言い聞かせる。

そう、ただ、顔のいい男に喜んでいるだけ。アレは偶像崇拝の一種。

ハイネは私の夫なのだから、妻である私はどーんと構えておけばいい。

彼は私のものなのだ。

自分を必死に宥めつつもイライラが収まらない。これは一度頭を冷やした方がいいのかもしれないと考え始めた私は、一旦会場の外へ出ようかと思い立った。

ハイネにキャアキャア言っているところを見なければ、気持ちも立て直せるだろう。そう思ったのだ。

——ええ、そうしよう。こんなことで苛つくなど私らしくないわ。

気持ちを整え、私は関係ない、みたいな顔をしておけばいい。

幸いにも今夜は中庭が開放されている。そこに少し出て、夜風に当たれば、心も落ち着く。そんな気がした。

「フレイ様」

「え……」

善は急げ。早速中庭に行こうとした私の後ろから、少し高めの声が聞こえた。

名前を呼ばれ、反射的に振り返る。そこには黒髪をひとつにまとめた青年が立っていた。

細い目を更に細めて笑っている。

「あら、あなた……」

「お久しぶりです。覚えていらっしゃいますか？　僕、セイリール・ノルンです」

好意的な笑みを浮かべながら自己紹介してきたこの男——セイリールをもちろん私は知っていた。

伯爵家の次男。兄の相談役という立ち位置を持つ。垂れ目と甘いマスクが魅力的だが、その性格は残念極まりなくなおかつ変人で、全くモテない。

お世辞は一切言わないし、どちらかというと、柔らかな物腰と口調で辛辣なことを言うタイプ。しかもハイネと違って、無自覚だ。

ハイネはわざとだが、セイリールは自分が酷いことを言っているという認識がないのだ。

普通に考えて、これでモテるわけがない。

まあ、彼は気にしていないようだけれど。

他人にどう思われようと気にしない、というのはハイネと似ているのかもしれない。

そして、そのセイリールだが、彼こそがハイネが唯一勝てないと認める本物の天才である。

彼が現れたことで、ハイネは己の限界を悟り、人生初の挫折を味わった。

どうしたってハイネが意識せざるを得ない男。それがセイリール・ノルンである。

その彼と私は面識があった。何せ彼は兄の側近、相談役なのである。

とはいっても自由人な彼はあまり登城せず、自分の気の向くことしかしないので、顔を合わせるのは希だったのだが。

そんな自由が許されるくらいにはセイリールは優秀なのだが、私の評価としてはやはり「変な人」であろうか。

会話が少しズレるというか、話していると調子が狂うことが多いのだ。

真面目なハイネと、良くも悪くも正反対。

どちらが付き合いやすいかと言えば……分かりやすい分、ハイネの方がいいかもしれない。

昔ならそれでもセイリールと答えただろうが、ハイネという男を知った今は、彼を選ぶと思う。

そんなセイリールに思わぬところで声を掛けられ、私は目を瞬かせた。

「セイリールじゃない。本当に久しぶりね。半年ぶりくらいかしら」

「ええ、少し遠出していましたので」

にこやかに答える彼に、そうだったと思い出す。なんと私とハイネの結婚式にも彼は出席していなかったのだ。

普通に考えれば、同僚と王女の結婚式だ。参加義務があるはずなのだが、彼はさくっと欠席していた。確かその理由は——。

「遠出。隣国へ行っていたんだったかしら」

記憶を辿りながら言うと、彼は嬉しげに頷いた。

「ええ、そうなんです。ちょっと面白そうな鉱山を見つけまして。夢中になっていたらあっという間に半年が過ぎていたって感じでした」

「相変わらずね」

マイペースな答えに笑ってしまう。

根無し草のように好きな場所をフラフラしている彼からは、王女時代もよくこんな話を聞いていた。

ちょっと山に籠もって研究していたら数ヶ月が過ぎていた、とか。

それが冬山と聞いた時は、大丈夫かと思ったが、ひょろひょろとした体格にもかかわらず、彼は意外と丈夫なようで、風邪一つ引かず平然としていた。

己の好きなことのためなら、底力が出せるタイプらしい。

「鉱山って、また山？　本当に好きね。楽しかった？」

「ええ、とても。あと五年くらい鉱山に籠もっていてもいいなと思えるくらいには」

冗談には聞こえないくらい、声が真剣だ。思わず苦笑してしまった。

「さすがにそれはお兄様が嘆くから止めてくれるかしら？」

「？　陛下は僕がいなくても気にしませんよ。ハイネもいるし、特に困るようなこともないでしょう」

平然とハイネの名前を出すセイリールをまじまじと見つめる。

ハイネは否定するだろうし、実際否定していたが、セイリールは同僚であるハイネのことを彼なりに高く評価しているのだ。自分に迫ることのできる唯一の存在として、ライバルだとちゃんと認識している。

だが、それはハイネには面白くないのだろう。

以前なら分からなかったかもしれないが、彼をよく知った今なら理解できる気もする。

だって、自分より上の能力を持つ人間にライバルだと認められたところで、彼からしてみれば「何がライバルだ！　どうせ追いつけないと思っているくせに！」案件でしかないのである。

セイリールはハイネを認めているのに、ハイネはその認められ方が許せない。

ハイネが望むのは、きっと誰もが分かる形でセイリールに勝利することなのだろうが……多分それは難しいと思う。

だってセイリールは本物の天才だから。

片方が必要以上に意識しているというのは面倒だなと思いながら、私はセイリールに言った。

「それで？　なんの用かしら」

用事があったからわざわざ声を掛けてきたのだろう。そう思い用向きを尋ねると、セイリールはじっと私を見つめてきた。まるで、観察するような態度に、眉が中央に寄る。

「何？」

「いえ、フレイ様、本当にご結婚なさったんだなあと思いまして」

「本当にって……冗談か何かだと思っていたの？」

「うーん、冗談だったらいいなとは思っていましたけど」

少し困ったような顔をするセイリールをまじまじと見つめる。

何を言っているのか。

結婚式を欠席したのは紛れもなく彼のくせに。

彼が寄越した欠席を告げるメッセージカードには出席できない詫びと、結婚を祝う短い言葉が添えられていた。それを思い出しながら言う。

「残念。私は既婚者よ。もう王女でもなくなったしね」

「ええ、ですからあまりお会いできなくなってしまって残念です」

「あら、私に会いたいと思ってくれているの？」

「もちろんです。僕、フレイ様が好きなので」

「ありがとう、嬉しいわ」

セイリールが社交辞令を言わないことは知っているので、本心なのだろう。

どうやら彼はそれなりに私と会話することを楽しんでくれていたようだ。

「今日、声を掛けさせてもらったのは、さっき言った通り、フレイ様が本当に結婚したんだって思ったからというのもあるんですけど、実はもうひとつ理由があって」

「何？」

「単純に、ハイネと結婚したあなたがどんな様子なのか知りたかっただけです。ほら、彼、あんな感じでしょう？　あなたが辛い思いをしていないのならいいなと思いまして」

「ああ……」

チラリとセイリールが少し離れた場所で会話をしているハイネに目を向ける。ここから見ても、彼は相変わらずの様子だった。発せられる雰囲気は冷たく、周囲にいる人たちが怯えているように見える。

確かにあれを見れば、心配されるのも当然かもしれない。そう思いつつ、笑って否定する。

「大丈夫よ。彼、すごく優しいから」

「優しい？」

「ええ。よくしてもらっているわ」

予想外の言葉を聞いたという顔をするセイリールに、だろうなと心から思う。

私に対する実際の彼を知らなければ、普通に大丈夫かと言いたくなる結婚生活を送っていると予想されても仕方ないと思うからだ。

別にハイネを擁護するわけではないが、誤解されるのも嫌なので実際のところを説明した。

「意外かもしれないけれど、彼、私にはとっても優しいの。だから大丈夫よ」

「そう、ですか。それならいいんですが。へえ、彼、惚れた相手には優しくできるんですね」

「そうみたいよ。私もびっくりしたわ」

笑いながら頷くと、セイリールは驚いたような顔をした。

「……惚れた相手と言われて否定しないんですね」

「馬鹿みたいに毎日『愛してる』って言われるもの。すごく大事にしてくれるし、これで疑うのはさすがに愚かすぎると思うわ」

「……あのハイネが」

「ええ、あのハイネが、よ。笑えるでしょう?」

「確かに。それが本当なら笑うしかありませんね」

「だから本当なんだってば」

穏やかな会話が続く。

今日のセイリールはいつもの変人ぶりは鳴りを潜め、とても常識的だ。やがて彼は「あ、もうこんな時間ですね」と言い、別れの挨拶をしてきた。

「今日は会えて嬉しかったです。また僕はしばらく城に来ないと思いますけど」

「あら、そうなの? 今度はどこに行くつもり?」

「秘密です」

にこりと笑い、首を傾げるセイリール。また妙な場所に何ヶ月も籠もることにならなければいいけれどと思いながら口を開いた。

「久しぶりに話せて楽しかったわ。声を掛けてくれてありがとう」

「いえ、僕があなたとお話ししたかっただけですから。……幸せそうで安心しましたよ」

幸せ。

そうなのだろうか。そこはよく分からないけれど。

「少なくとも不幸ではないわね。今のところ離婚しようとも思わないし」

「それを聞けただけで、今日夜会に参加した意味がありましたよ。それでは」

「ええ」

軽く手を振り、セイリールと別れる。てっきりハイネに話し掛けにでも行くのかと思ったが、彼はさっさと会場から出て行った。

さて、と思い、夫の様子を窺う。

彼はまだ部下たちに囲まれていて、もうしばらくは掛かりそうだった。

あと、ハイネを見つめる女性たちの数が地味に増えていることに気づき、せっかくセイリールと話してマシになっていた苛つきが再燃した。

「……苛つくわ」

遠目に見ているだけと理解していても、明らかに熱の籠もった目で見ているのが分かるので腹が立つ。

確かに、確かにハイネは良い男だと思うけれど。

顔の造作は整っているし、身長も高い。侯爵位だって持っていて、身体は細身で夜会服がとても映える。

性格の悪そうな……というか、一癖も二癖もありそうな雰囲気があるが、そういう男が好きという女性は多いだろうし、ハイネは普通ならものすごくモテる男だと思うのだ。

とはいっても、ハイネが女性を撥ね除けるタイプであることは知っているし、彼女たちもさすがに王女の夫に手を出そうなんて思わないはずだけれど。

いくら魅力的な男でも、相手をしてもらえなければ話にもならないし、王女の夫という時点で、見るだけに留めておくのが賢い選択。

それでも、腹の奥からムカムカして、直接文句を言いに行ってやりたい気持ちになってくる。

——ああもう、苛々する。

チラチラと夫を見る女性たちの視線に腹立たしさは増す一方。

私は一刻も早く夜会から帰りたいという気持ちで、夫が戻ってくるのを待った。

結局、ハイネが戻ってきたのは、夜会も終盤に差し掛かった頃だった。

疲れた気持ちで馬車に乗り、屋敷に戻る。時間はもう真夜中だ。

「申し訳ありません。話が長引いてしまって」

私に手を差し出しながら、すまなさそうにハイネが言う。その手を無言で取り、タラップを降りた。

玄関ロビーに集まった使用人たちが「お帰りなさいませ」と一斉に頭を下げる。

そんな彼らの間を通りながら、私は自室へ向かった。夫も私のあとをついてくる。

「フレイ、待って下さい」

「悪いけど、私、疲れたの」

びっくりするくらい棘のある声が出た。

どうにも苛々する気持ちが収まらなかったのだ。

女性たちがハイネに話し掛けたりすることはなかったけれど、彼を色の滲む目で見ていたという事実が許せなかった。

——ハイネは、私のものなんだけど！

人の夫を気持ち悪い目で見ないで欲しい。

気持ちを切り替えたくてもできなくて、見たくないから一刻も早く帰りたかったのにひとりではそれも無理で、その状態で長い時間付き合わされた私は限界までストレスが溜まっていた。

もう、あと何かひとつでもあれば爆発する。そんな状態。

自分でもそれは分かっていたので、一刻も早く自室に引き籠もりたかった。

つまらない癇癪など起こしたくなかったのだ。

だって、彼女たちはハイネに何もしていない。ただ、素敵だと彼を見つめていただけ。

どう考えたって、私の心が狭すぎるだけだと分かっている。

——分かっていても……ムカつくのよ！

自分で自分の感情を制御できなくて、そのことにも苛つく。

一体私はどうしてしまったのだろう。

王女時代だって、色々嫌なことはあったし、それをなんとかやり過ごしてきた。その頃に比べれば今回のことなど笑い話にしかならないはずなのに、何故か私は今までになく怒り狂っている。

そんな自分が嫌で、とにかく早くひとりになりたくて、私は足早に自室に向かっていた。

「フレイ！」

階段を上っていると、後ろからハイネが私の手首を掴んだ。振り返る。

「何よ。危ないじゃない」

「いくら呼んでもあなたが返事すらしてくれないからじゃないですか。一体どうしたんですす。さっきから様子がおかしいですよ」

「おかしいと思うのなら放っておいてちょうだい」

ムカッとした。

誰のせいでこうなっていると思っているのだ。元はと言えば、キャアキャア言う女性たちを全く窘めなかったハイネが悪いのではないか。

話し掛けられたわけではないかもしれないが、それでも私でさえ気づいたのだ。ハイネが彼女たちに気づかなかったわけがない。

それを放置したくせに、私に様子がおかしいなんて言うハイネに胃液が逆流するのではと思うくらい苛立った。

――ああもう、嫌。

無言でハイネの手を振り払い、階段を上りきる。自室の部屋の扉を開けようとしたところで、再度彼に捕まった。

「フレイ、一体どうしたんですか」

心配そうな顔をされるも、今はそれすら鬱陶しい。私は苛つきを隠そうともせず、彼を睨んだ。

「うるさいわね。放っておいてって言ったはずよ」

「そんな状態のあなたを放っておけるはずないでしょう。何かあったのなら、私に話してくれれば――」

「は？」

カチンと来た。

溜まりに溜まっていた怒り。それが今の彼の一言で限界に達したのだ。

彼が心配して言ってくれたのは分かっていたけれど、何故か私は「ああもう、駄目だ」とそう思った。

「私がどうして怒っているかも分からないくせに、そんなこと言わないでくれる？　余計に苛々するわ」

「フレイ！」

「私に触らないで」

再度彼を振り払う。そのまま自室に入ろうとした。だが、それはハイネによって防がれる。

「ちょっと、邪魔しないでよ！」

苛々しながらハイネを睨んだが、彼は無言で私の身体を引き寄せ、思いきり抱き込んできた。

「な、何！　離してっ！」

突然の出来事に暴れるも、男女の力の差はあまりにも明白だった。身じろぎするのも厳しい状況の中、ハイネがびっくりするくらい低い声で言う。

「……フレイ。いい加減にしなさい」

「は？」

どうして私が怒られなければならないのか。苛ついた私は彼に言った。

「私は何もしていないわ。いいからさっさと離してちょうだい」

「嫌です。……大体、怒っているのが自分だけなんて思わない方が良い。私だって、さっきから怒りで頭がおかしくなりそうなのを必死で堪えているんですから」

「？」

なんの話だ。

気になり、抵抗を止めた私は彼の顔を窺おうとした。だが、抱き込まれているせいで思うようにいかない。

「ちょっと」

「私があなたから離れていた時、セイリールといましたね？　よりによってあの男と。あなたは私があれを嫌いなことを知っていたはずです。それなのにあなたはあの男に笑顔を向けていた」

「はあ？」

ハイネの言葉を聞き、怪訝な顔になった。

確かに私はセイリールと会話をした。だがその内容は誰に聞かれたところで困るようなものでもなかったし、些細な接触さえなかったのだ。

ただ、話し掛けられて、それに応じただけ。

ここまで怒りを露わにされる理由が分からなかった。

「何を言ってるのよ。話し掛けられたから答えただけでしょ。あと、会話相手に笑顔を向けるのは常識だわ。あなたは違うようだけれど」

氷の宰相と呼ばれる彼を揶揄して言うと、彼はますます私を抱き込む力を強くした。

痛い。

「私があなたとセイリールが一緒にいるところを見てどんなに焦ったか、あなたは想像もできないでしょうね。胃の奥底が冷たくなるような、自分の立っている場所が崩れ落ちるような、そんな錯覚さえ感じましたよ」

「さすがにそれは大袈裟すぎない？」

「事実です」

断言する彼から逃れようと、必死で身じろぎする。

だが、ハイネは私を逃がしてはくれなかった。

「それなのにあなたは私の気も知らず、楽しげに会話をしていた」

「嫌だったのなら、邪魔でもなんでもしにくれば良かったじゃない。来なかったくせに文句を言われる筋合いはないわ」

見ていたということは、邪魔に入れたということでもある。

私の指摘にハイネはグッと言葉に詰まった。

「そ、それは……」

「どうせくだらないプライドが邪魔をしたんじゃない？　だって相手はセイリールだものね。セイリールに格好悪い自分を見られたくなかった？　それで躊躇する程度で独占欲なんて見せないでよ。苛つくだけだわ」

勝手に言葉が流れ出る。

ここまで言うつもりはなかったのに、決壊した気持ちは止まらなかった。

私の中にいるもうひとりの自分が、もう止めておけと言っている。それは分かっているし、その通りだと思うのに、刃のような言葉は留まることを知らなかった。

次から次へと溢れ出す。

ハイネが動揺したように言った。

「ち、違います。私はただ……」

「結婚して初めての夜会で長時間妻を放置していたのはあなたのくせに、私を責めるの？女性たちにもずいぶんとチヤホヤ騒がれていたものね。気づいていたのに止めなかったのはどういうこと？　女性は嫌い、なんて言っていたけど、本当は騒がれて嬉しかったんじゃない？」

こんなこと言いたくない。

言いたくなかったからひとりになりたかったのに。

毒のような言葉が自分の口から出るのを、止められない。

言ってしまってから酷い自己嫌悪に陥っていると、何故かハイネが私の顔を覗き込んできた。

「え……」

「……」

じっと私を見つめているその顔に怒りや失望といったものはない。どちらかというと、驚愕……だろうか。

先ほどまでの険悪な雰囲気も霧散していて、どうして彼がそんな風になったのか分からなかった。

——え、何?

どういうことだと内心首を傾げていると、ハイネが確認するように私の名前を呼んだ。

「フレイ」

「な、何よ」

「あなた、私が女性に騒がれるのが嫌だったんですか?」

意外だという響きを感じ取り、ムッとした。

そんなの当たり前ではないか。私は彼の妻なのだから。

だから堂々と言ってやった。

「少なくともいい気分にはならないわね。……って、やっぱり騒がれていたことに気づいていたんじゃない！　どうして止めなかったのよ！」

厳しく糾弾すると、ハイネは呆気にとられたような顔をした。

「えっ……それは、以前も言った通り、興味がなかったから放っておいただけ……だったんですが」

「……はあ？」

「有象無象が何か言っている、程度にしか感じていなかったもので」

「……」

「すみません。あなたが不快だとおっしゃるのなら、次回から止めさせます」

「……はあああああ」

がくっと全身から力が抜けた。

そうだ。ハイネはそういう男だった。

私と兄、あとは多分セイリール以外には興味の欠片もない人間。

そんな彼が女性に騒がれたらどうするか。

興味がないのだから、無視一択で間違いない。

何か騒いでいるようだな、程度である。

――そうよね。ハイネはそういう人だったわよね！

気づいて然るべきだった単純すぎる事実に、拳を握る。

私が苛々していたのは、全くの見当違いだったと気づき、怒りが急激に萎んでいった。

「……」

「フレイ。すみません。怒っていますか？」

私を離すことはせず、ハイネが尋ねてくる。緩く首を横に振った。

「怒っていないわ。見当違いだったってことに気づいて脱力しているだけよ」

「はあ、それならいいのですが……でも」

「？」

でも、という響きがやけに嬉しそうなことに気づき、彼を見た。

ハイネはクスクスと笑い、先ほどまでが信じられないくらい上機嫌だ。

「ハイネ？」

「嬉しいです。フレイ、嫉妬してくれたんですね」

「はあ!?」

思いもしない言葉がハイネの口から飛び出し、目を見開いた。

――嫉妬？　私が？

「な、何を言っているのよ」

「え、だって、女性たちが私に秋波を向けているのが気に入らなくて怒っていたのでしょう？　違いますか？」

「そ、れは……」

違わないけれど。

だけどそれがどうして嫉妬だなんて、そんなことになるのか。

私はただ――。

「自分の夫をそういう目で見られて、いい気分になるはずないじゃない」

そう、ただ、それだけのことだ。だがハイネはニコニコで私に言う。

「ただ、見られていただけで？」

「そ、そうよ」

「そうですか。見られていただけなのに腹立たしいと思ってくれたと」

「何よ……」

噛みしめるように言われた。なんだか気まずい……というかむずむずした気持ちになってくる。

ハイネが私を見つめている。その瞳は何故か涙を湛え、潤んでいた。

「ハ、ハイネ……？」

「フレイが嫉妬してくれる日が来るなんて」

「だ、だから嫉妬ではないと……」

「本当に？　本当に違うんですか」

「ほ、本当……」

確認するように言われ、自信がなくなってきた。頭の中がグルグル回る。

——も、もしかしたら嫉妬していたのかも。

心が揺らぎ、そんな気がしてきた。

確かに冷静に考えれば、ハイネの言う通り、私の苛立ちは嫉妬と呼ばれる感情に近かったようにも思える。

でも、それなら私はどうして嫉妬などしたのか。

嫉妬なんて、相手を好きでなければ起こらない感情だろう。

相手に対する独占欲。相手を自分のものだと思う気持ち。そういう心から嫉妬はやってくるのだ——というところまで考え、ようやく気がついた。

「あ」

——私、ハイネのことが好きなんだ。

そうか、と自分でもびっくりするくらい腑に落ちた。

なんということだろう。

自分でも自覚はなかったが、どうやら私はいつの間にか夫のことが好きになっていたようである。

ハイネのことが好きだから、女性たちが色目で見ることが許せなかった。

彼は自分の夫なのだからと自分に言い聞かせる必要があった。

それだけのことなのだ。

「……」

「フレイ?」

気づいてしまった衝撃の事実に呆然となる。

自分がハイネを好きだということ。それにパニックになり真っ赤になった。

そんな私の変化にハイネが気づかないはずはないわけで。

「フレイ、あなた真っ赤ですよ」

「……」

「どうしたんですか。急に赤くなって」

羞恥でふるふると震える私をハイネは訝しく見つめ、そっと肩に触れてきた。

「や……」

優しい仕草がひどく恥ずかしい。顔を赤くしたまま首を横に振る私を見たハイネが目を瞬かせ……まさかという顔をした。

そして確認するように聞いてくる。

「あなた、もしかして、私のことが好きなんですか？」

「ひあっ……」

決定的なことを言われた。

どうしてこんな時に驚異の察しの良さを見せるのか。彼が優秀だということは知っていたが、こういうところでまで優秀である必要は全くない。

――なんで言葉にするのよ！

言わなければ、まだこうなんとか、ぼんやりとした感じにしておけたのに。

言葉にしてしまっては認めるしかないし、なんというかその、恥ずかしいではないか。

今までとは比較にならないほど顔が赤くなる。そんな私を見たハイネが力強く抱きしめた。

「フレイ……！」

「あ、ちが……今のは……違う、違うの……！」

認められるはずがなくて、咄嗟に否定する。だが、ハイネは聞いてはくれなかった。

抱きしめる力を更に込めてくる。その力は痛いくらいだ。

「本当？　本当に？　私のことを好きになってくれたんですか？」

「ちょ……いた……まって……待ってってば」

「嫉妬してくれただけでも嬉しかったのに、本当に？　ああ、こんな喜びがあるなんて……神よ！」

「だから、痛いんだって……！　ひとりで突っ走らないでよ……！」

バンバンと背中を叩くもハイネは全然力を緩めてくれない。それどころか更にギュウギュウに私を抱きしめてきた。

「フレイ……愛しています」

感極まったのだろう。彼の声は震え、掠れていた。その感情を露わにした声音を聞き、認めたくないと思っていた気持ちが自分の中からサラサラと音を立て、消えていくのが分かった。

ハイネが喜んでいる。それを嬉しいと思う自分が確かにいて、それに気づいてしまえば、否定する気も失せてしまったのだ。

――ああもう、分かったわよ。

全面降伏だ。

認めるしかない。こんなの、認めるしかないではないか。

だって、好きじゃないなんて言ったら、きっとハイネはがっかりしてしまう。

そんな彼を見たくはなかったし、それに、意地を張って好きじゃないと言ったところで、なんの意味もない。

私たちはすでに結婚していて、しかもハイネからは好きだと言われている状況なのだから。


こうなったら潔く認めようではないか。

そうだ、私はハイネが好きなのだ。

どこが好きかなんて、数え上げればキリがない。

たとえばだけど、私のことを重たいくらいの気持ちで好きになってくれたところとか、私にだけ見せてくれる優しさや、思いやり。

あと、私に対しては妙に弱気になってしまったりするところも好きかもしれない。

あまりにも簡単に出てくる様々な『好き』に、我ながら驚きだ。

こんなの、どうして今まで気づかなかったのかと苦笑するレベルではないか。

――うん、言おう。

ここまで好きで、告げない理由なんてどこにもない。

「……好きよ」

腹を括り、背中に手を回して小さく告げる。

思いのほか緊張してしまったが、それでも確かに言うことができた。

「私はハイネが好き」

返事がなかったのでもう一度言う。彼の胸に頰を寄せた。

好きと認めてしまえば、気持ちはかなり楽になった。いつの間にか無駄にしていた緊張が解けていく。

「フレイ……」

ようやくといったようにハイネが声を出す。その声はまるで怯えているようだった。

信じられない言葉を聞いた。そんな彼の反応に苦笑する。

「なあに、最初に聞いてきたのはあなたじゃない。それとも嬉しくないの？」

わざと茶化すように言う。ハイネは慌てて首を横に振った。その目は赤く潤んでいる。

それを見て、ホッとした。

「そう、良かった」

好かれているのだから嫌がられるはずはないが、それでも態度で示されるとホッとする。

安堵の息を吐くと、ハイネがうるうるとした目で私を見てきた。

「ハイネ？」

「ま、まるで夢を見ているようだと思いまして……まさか、あなたから好きと言ってもらえるなんて考えたこともなかったから」

「……」

噛みしめるように言われた言葉には、思いの丈が込められていた。瞳に涙が滲んでいる。

彼の喜びようが伝わってきて、逆に照れくさかった。

「本当に結婚できただけで十分すぎるほどだったのに……。好かれたいなんて望みを抱くなんておこがましいと思っていたのに……」

「おこがましいって……好きな人に好かれたいって思うのは当然じゃない」

少なくとも私はそうだ。

好きになったのなら、相手にも同じ気持ちを求めたい。手を伸ばしたら、その手を掴んで欲しいと思うのだ。

だがハイネは違うようで、苦笑している。

「もちろん通常ならその通りだと思うのですが、私は自分の気持ちが重すぎることを知っていますから。私がどれだけあなたのことを愛しているか知られたら、逃げられるか引かれるかのどちらかと思っていました。愛されたいなんてとても……」

「確かにハイネって、重たいわよね」

彼の言葉に納得した。

私に惚れたからと、私の婚約話を片っ端から潰していったり、婚約すらしていないのに私のために庭を造り替えたりと、普通にドン引き案件しかない。というか、自覚してやっていたのか……。

分かっていても行動を止めなかった辺り、確かにハイネは重いのだろうが……好きになってしまったので、今はそれもまあよしとしか思えなかった。

私は、好きな人には好いてもらいたいのだ。

ハイネのようにおこがましいなんて思わない。

そしてこれは初めて知ったのだが、私はどうやら自分より相手により好きになってもらいたいタイプだったようで。

ハイネの重い愛はむしろ私には心地好く感じる。だから正直に己の気持ちを告げた。

「私には、ハイネくらいがちょうどいいみたい」

「えっ……」

「ハイネは確かに重たいけど、それくらいが私の好みだから、案外私たち、お似合いなのかもしれないわよ？」

にこりと笑い、踵を上げて、彼の唇にキスをする。突然の口づけに彼は呆気にとられた顔をした。

「え……」

「好きだからキスしたの。駄目だったかしら」

「え、いや……駄目なんて、そんなことあり得ませんが」

「そう、良かった。好きよ、ハイネ」

「……」

軽い口調で告げると、彼はまじまじと私を見てきた。

「何よ」

「いえ……なんだか急に積極的になったな、と。私としては嬉しいのですが、急激な変化に戸惑ってしまって」

そう言いながらもハイネはほんのりと頰を赤く染めていた。

なるほど。自分から行動するばっかりだったから、私から何かされることに耐性がないのか。

それは……楽しいかもしれない。

「人を好きになったのなんて初めてだから知らなかったけど、私、好きな相手にはガンガンいくタイプだったみたい。もうあなたのことが好きって認めたんだもの。恥ずかしがっているより、どうせならイチャイチャしたいわ」

こうなったからには、最初に考えていた予定は全部破棄だ。

イチャイチャ夫婦なんて求めていないと言ったのも撤回する。それは、夫を好きではなかったからそう思っていただけ。好きと認めたからには、むしろ全力でイチャイチャしたい。

たくさんくっつきたいし、エッチなことだっていっぱいしたい。愛したいし、それ以上に愛されたいと思うのだ。

あまりの感情の変化に自分でも驚いてしまうが、好きと認めたのだからこうなるのも仕方ないと思う。

元々、その傾向はあったのだし。

好きと自覚する前からも、私はわりと彼に流されていた。それは嫁の義務を果たさねばという気持ちからくるものだったけれど、前提に彼とするのが嫌ではないというのがあったのだ。

彼に抱かれるのがどうしても嫌だったら、こんな簡単には流されなかったと思う。

抱かれるのが嫌でなくて、一緒に暮らすのも苦痛ではなくて、愛されているという事実を知った時も、悪くないと思っていて……。絆され、好きになる要因はいくらでもあったのだ。

気がついたのが今だったというだけ。

私は身体を彼にくっつけ、じっとハイネを見つめた。

「ね、ハイネはイチャイチャしたくない？」

「そ、それはもちろん、したいですけど」

無意味に眼鏡をカチャカチャと動かし始めた。どうやら動揺しているらしい。

本気で楽しくなってきた私は更に彼に身体を擦り寄せた。

「ハ、イ、ネ」

「っ……！」

ツン、と頬を突くと、ハイネの顔がこれ以上ないほど赤くなった。

はあ、と自らを落ち着かせるように、何度も深呼吸をする。そして、赤い顔のまま私に言った。

「あなた、私が言うのもなんですが、意外と悪い女なのですね」

その言葉に思わず笑ってしまった。

悪い女なんて、初めて言われたと思ったのだ。

「ええ、知らなかったけどそうみたい。だって動揺するあなたを見るのが楽しくてたまらないのだもの」

パチッとウィンクをして笑うと、ハイネも釣られたように笑った。

「ええ、とても楽しそうです」

「そんな女は好きじゃない？」

「まさか。それがあなたなら大歓迎ですよ」

「だと思った」

フフッと笑う。ハイネが私と目を合わせてきた。

「フレイ」

「何？　……んっ」

名前を呼ばれ、返事をした。ハイネが愛おしげに私の頬に手のひらを当ててくる。滑るように触れられ、身体が震えた。

嫌だったのではない。すごく、嬉しかったのだ。

たまらず甘い吐息を零す私に、ハイネが囁くように言う。

「そんな悪い女であるあなたを抱きたいのですが、構いませんか？　あなたのことが愛おしすぎて、我慢できないんです。私を煽った責任、取って下さいね」

「……いいわ」

そんなの、私だって同じだ。

正しく想いの通じ合った夫婦となった夜に、『お休みなさい』と別れられるわけがない。

じっと彼を見つめ、尋ねる。

「……今日は、ハイネの部屋に行ってもいい？」

今までの私はずっと受け身だった。いつだって、彼の訪れを自分の部屋で待っていた。

そこに私の意思はなく、ただ、夫がそうしたいのなら受け入れなければならないという義務感のみがあったのだけれど、今は違う。

好きな人に抱かれたいなと思うから、これは自分の意思なのだと明確に伝えたかった。

「……」

言葉にしなかった私の気持ちを察したのか、ハイネが目を瞬かせる。

私の手を握り、閨の時のような甘い声で言った。

「ええ、もちろん。ただし、朝まで帰す気はありませんが、構いませんか？」

その言葉は、昨日までの私なら、勘弁してくれと思ったことだろう。

だけど今は違うので。

むしろどんとこいと思ったから、私は晴れ晴れと笑った。

「愛してるってたくさん言ってくれたら許してあげるわ」

ハイネは眩しげに私を見つめ、心底愛おしいという顔をして私に言った。

「いくらでも。――愛していますよ、フレイ。いつだって、あなただけが私の特別だ」

「合格。朝まで愛して」

チュッと、頬に口づける。

瞳に情欲を滲ませたハイネは、急ぎ足で私を己の部屋へ連れて行った。

初めて入ったハイネの部屋は、とてもすっきりとしていて余計なものは一切置かれていなかった。
執務机があったがその上も綺麗に片付いていて、塵一つない。床に敷かれた絨毯は落ち着いた色合いで、壁には何も飾っていなかった。

無駄なものは必要ないというのを体現しているような部屋は、確かにとても彼らしい。

——へえ。

これが彼の部屋か。

物珍しさも手伝ってキョロキョロとしていると、焦れたハイネに腕を引っ張られた。

「どこを見ているんです。こちらへ」

「あ……」

「部屋が気になるのなら、あとで好きに見て下さって構いませんから」

言いながら、ハイネは部屋の奥にある扉を開いた。そこは寝室となっており、大きなベッドが鎮座している。

私の部屋にあるのとは全然違い、飾り気が一切ない。唯一それっぽいと思えるのは、ベッドカバーに縫い取られている侯爵家の家紋だった。

私のベッドにもある、深い緑色のカバーに金糸で縫い取りをされた侯爵家の家紋はとても豪奢だ。他に派手なものがない分、やたらと目を引いた。

「フレイ……」

「あっ」

夫の寝室を興味深く観察していると、再度腕を引っ張られ、ベッドの上に転がされた。

乱暴ではないけれど、いつもとは違う余裕のない感じにドキドキする。

ハイネは上着を脱いで近くにあった椅子に掛け、クラヴァットを片手で外した。

眼鏡に手を掛ける。少し鬱陶しげに外す仕草が素敵だと思った。彼の綺麗な灰色の瞳が露わになる。

「……」

実は、眼鏡を外す瞬間が好きだと伝えれば、彼はなんと言うだろう。

私としてはオンオフが切り替わるようで、とても気に入っているのだけれど。

しかも彼は目が悪いので、寝る前くらいしか眼鏡を外さない。つまり、彼の素顔を知っているのは、使用人たちを除けば、ほぼ私だけになるわけで。

独占欲が満たされる感じがゾクゾクする。

そしてその事実で、私が如何に彼のことが好きだったのかということを再確認させられた気がした。

「フレイ」

ギシッとベッドが軋む音で我に返った。

ハイネが私に覆い被さってくる。私は彼に手を伸ばし、サラサラとした髪に触れた。彼の髪質は硬い直毛で、触れるとチクチクする。

「どうしましたか?」

「ううん。あなたの髪、とても綺麗だなと思って」

「あなたの方が綺麗ですよ」

同じくハイネが私の髪に手を伸ばし、頭に押したピンや髪飾りを丁寧に外していく。優しく触れられるのが心地良い。ふと、目が合う。彼の顔が近づいてくることに気づき、目を閉じた。

「フレイ、愛しています」

「んっ、私、も」

愛の言葉と共に、柔らかな感触が唇に落ちる。ただ唇が触れただけなのに、身体全部が熱くなった気がした。多分、身体が彼に抱かれることを期待しているのだと思う。

「ふ……んっ」

チュ、チュ、と角度を変えて、ハイネが何度も口づけてくる。それを陶然と受け止めた。

「は……あ……んっ」

キスをしながら、ハイネが着ていたドレスを脱がせようとする。背中のジッパーを下ろされた。ぐっとドレスを引き下げられ、肌が露わになる。

興奮しているせいか、熱い息が零れ出た。ハイネは私の身体中至るところにキスをしながら、器用に着ているものを脱がせていく。

そのたびに私はビクビクと身体を震わせ、甘い吐息を零した。キスされているだけでも気持ち良くて、腹の奥から愛液が滲み出てくるのが分かる。

「はあ……んっ」

ねっとりと乳房を舌で虐められるのが気持ち良い。

気づけば下着も剥ぎ取られ、あっという間に一糸纏わぬ姿になった。

「好き、ですよ、フレイ。愛してます」

「んっ」

指が蜜口に触れ、濡れているのを確かめてから中へと潜り込んでくる。それだけでも達してしまいそうなくらいの気持ち良さを感じた。

指は隘路を広げるように動き、感じる場所を的確に押し上げた。

「ああああっ」

「可愛い。もっと可愛いあなたを見せて下さい」

「っ……ん」

また、キスをされる。舌が唇を舐めてくることに気づき、口を開いた。待っていたとばかりに舌は口内に侵入し、私の舌を見つけ出す。

淫らに絡められ、背中がゾクゾクした。

溜まった唾液を飲み干す。不思議と甘い気がした。

「フレイ、愛しています」

たくさん愛の言葉が欲しいと言ったからなのか、行為の合間にハイネが『好き』と『愛してる』を何度も繰り返す。

それが嬉しくてたまらない。

彼の熱い想いを含んだ言葉は、私の心に届き、腹の奥が分かりやすく疼き出す。

指で蜜孔を掻き混ぜられるのが、涙が出るほど気持ち良い。

「私も、好き」

途切れ途切れになりながらも言葉を返すと、ハイネが嬉しそうに笑った。当たり前だけれど、今まで行為の最中に『好き』なんて言ったことがなかったのだ。

こうしていると、本当に両想いになったのだなと実感する。

「嬉しいです。フレイ、今夜はたくさん交わりましょうね」

「ええ……あっ」

ハイネが指を引き抜き、トラウザーズを寛げる。雄々しく立ち上がった肉棒が引き摺り出された。太く逞しいそれが、濡れ襞へと当てられるのを私はうっとりと眺めていた。

「挿れますよ」

「……」

無言でただ頷く。

ハイネは私を少し横に倒し、片足を上げさせた体勢で肉棒を蜜壺に埋めた。

屹立はゆっくりと中を押し広げていく。そのあまりの心地好さに目を閉じる。

甘い痺れが背中に走り、たまらず声を上げた。

「あああっ……！」

背中に走った痺れは止まることなく迫り上がり、気づいた時には軽くイってしまった。

ギュッと膣内が締まったことで気づいたのだろう。ハイネが驚いたように言う。

「フレイ、まさか挿れただけでイってしまったんですか？」

「あ……だって……」

自分でもびっくりするくらい気持ち良かったのだ。

その気持ち良さに慣れる暇もなく、あっという間に高みに押し上げられてしまった。

達した余韻で、今も身体が小さく震えている。汗が噴き出し、身体は風邪を引いた時のように発熱していた。多量の愛液が生み出され、膣内を滑り落ちていく。

「は……あ……あ……」

荒く呼吸することしかできない私を、ハイネが愛おしげに見つめてくる。彼は私の手に自分の手を絡めると、ゆっくりと抽送を始めた。

イった直後だからか、緩慢な動きすら刺激になる。肉棒が膣壁を擦る動きが悩ましいくらいに気持ち良い。

屹立に膣奥を叩かれると、襞肉がキュウッと収縮し、これでもかというほどに肉棒を圧迫する。それに反発するように、肉棒が更に大きく膨らんだ。

「あっ、嘘……」

凶悪さを増した肉棒が蜜壺を往復する。隘路は限界まで押し広げられ、辛いくらいだ。だけどそれと同じくらい気持ち良くて、頭がクラクラする。

「ああっ、あっ、あっ……ハイネッ……ハイネッ」

「ああっ……フレイ。愛しています。うっ、中が絡み付いて扱き上げてくる。……もっと……もっとあなたをくださいっ」

「ひああっ」

亀頭が弱い場所を擦り上げる。それに反応した腹がひくひくと痙攣した。

ハイネが容赦なく腰を打ち付けてくる。

「あっ……!」

ハイネが体勢を変えた。己の身体を倒し、高く上げさせた私の片足を腕で押さえながら、乳首を弄る。もう片方の乳首を吸われ、嬌声が出る。

「ああんっ!」

「気持ち良いですか、フレイ」

「気持ち良い……気持ち良いっ」

感じる場所を同時に責められ、快楽で頭が変になりそうだ。

また、絶頂感がやってくる。ハイネも気持ちいいのか、息を乱していた。

「はあ……、……フレイ……もう、いいですか？　あなたの中が良すぎて、我慢できない……」

「わ、私も……」

　ぶるぶると身体が震え始める。それに合わせるようにハイネが腰の速度を速めた。強い力で打ち付けられ、高まっていた絶頂感はあっという間に弾ける。

「フレイ、愛しています……！」

「私も、好きっ……あああああっ！」

　ドン、と膣奥を突かれた。

　頭の中が真っ白になる。無意識に肉棒を締め上げた。肉棒からは熱い飛沫が噴き出し、私の中へと染み込んでいく。

「はあっ……ああ……ああ……」

　心が通い合ったからだろうか。信じられないくらい、気持ち良かった。

　視界がチカチカとしていて、とてもではないが動く気になれない。身体も絶頂の余韻が残っており、いまだふるふると震えていた。

　精を吐き出したハイネは、数回腰を振り、ゆっくりと肉棒を抜き取った。力が抜ける。ベッドに倒れ込んだ。

「はっ……はっ……」

「フレイ……」

うっとりとした声でハイネが私に近寄ってくる。チュ、チュ、と顔中にキスの雨を降らせていく。

ハイネは私の身体をひっくり返すと、四つん這いにさせた。そうして両手で尻を掴み、左右に広げた。恥ずかしい場所を余すところなく見られている状況に一瞬固まる。

「え……」

「ああ、私の放った精がピンクの襞の合間から伝い落ちているのが見えますね。とてもいやらしい光景で興奮します」

「ちょ、ちょっとハイネ……」

まじまじと観察しないで欲しい。

さすがに恥ずかしいと思った私は逃げようとしたが、許されるはずもなかった。

「今度は、後ろから、獣のように愛し合いましょうね」

ぬぷり、とその先端が蜜口の浅い場所に潜り込む。

「あ……」

二度目だというのに先ほどと変わらないくらい硬い肉棒が、開ききった花弁の奥へ埋まっていく。

白濁で更に滑りの良くなった蜜壺は、雄を歓迎しその竿を絞るように収縮した。

ハイネが小さく息を吐く。

「ああ、あなたの中は気持ち良いですね。何度しても、キツく私を締め上げてくる」

「んんっ」

「愛していますよ、フレイ。あなたは全部、私のものだ」

「ひあっ」

力強く腰を打ち付けられ、悲鳴のような嬌声が出る。

硬い切っ先がちょうど腹の裏側をグリグリと押し回す。それが気持ち良くて、涙が出てくる。いつもと当たる場所が変わり、背筋が震えた。数回突かれただけで、イきそうになってしまう。

耐えきれず、枕に突っ伏す。尻を突き出す体勢になったが、与えられる快感が大きすぎて、気にしていられない。

「はあっ、ああっ、ああっ……何、これっ」

「おや、反応が変わりましたね。ここがあなたの一番感じる場所ですか」

「あああっ!! そこ、駄目っっ!」

見つけられた弱い場所をグリグリと押され、涙が出た。

おかしいくらいに気持ち良い。亀頭で軽く押し回されただけで軽くイってしまうし、その状態がずっと続いているような、そんな気がした。

「ああ、ああ、あああっ！」

蜜壺が痙攣している。

襞は複雑にうねり、縋るように肉棒に絡み付いていた。

「はあ……吸い付きがすごくて、私を離してくれませんよ。もっと突いてあげましょうね」

「ひっ、ん、ん、ん！」

奥に肉棒を押し込められ、一瞬、意識が飛んだ。腹の奥がキュンキュンと疼き、痛いくらいに収縮している。

イくのが癖になったのか、簡単な刺激でもあっという間に達してしまう。硬い肉棒にゴリゴリと膣壁を抉られ、悦楽で足が震えた。

「はあっ……あっ、あっ、あっ、あっ」

駄目だ。気持ち良くて、どうにかなってしまいそうだ。

ハイネのことを好きだと認めたからなのか、今日は何をされてもおかしくなくらいに気持ち良い。

いつもの比ではない快感に、喘ぎ声は止まらないし、淫らに腰を振ってしまう。

ハイネが腰を振ると、遅れて尻に陰嚢がペチペチと当たる。それすら今の私には快感になった。

おかしくなりそうなほど気持ち良いのに、もっと彼が欲しくて、もっと深いところまできて欲しくて強請ってしまう。

「ああっ、ああっ、ハイネ……もっと……」

「いいですよ。いくらでもしてあげます。ここも弄って差し上げましょうね」

「アアアアアッ！」

後ろから伸びてきた手が陰核を弄る。指の腹で軽く押し回されただけでイってしまった。ヒクヒクと全身が震える。それなのにハイネは腰の動きを止めず、執拗に同じ場所を責めてくる。

「やああ！　ハイネ、ハイネ……もう、無理……！　気持ち良すぎて無理なの……！」

過ぎた快楽は暴力だ。これ以上は無理だと頭を打ち振るって叫ぶも、ハイネは抽送を止めてくれなかった。

もっとと言わんばかりに、私を責め立ててくる。陰核を指で弾き、弱い場所を切っ先で何度も擦った。それを蜜壺は悦び、肉棒を更に扱き上げる。彼のモノの形がはっきり分かってしまうような吸い付きぶりだ。

「ああっあああっ……！」

「可愛い……可愛いです、フレイ。こんなに乱れて。ああ、どんなあなたも愛していますよ」

「わ、私も愛して……ひあああっ！」

肉棒に膣奥を突かれ、またイってしまった。気持ち良すぎて、最後まで言葉が言えない。

ハイネは身体を倒し、背中にキスをしながら腰を押し回した。

「んっんっんっ……」

肉棒は限界まで膨れ上がり、中は苦しいくらいだ。なのに気持ち良いしすごく幸せだった。

「んっんっあっ……」

「ああ、フレイ……フレイ……好きです……愛しています」

何度も愛を告げながら、ハイネが抽送を続ける。

「私も、んっ、ハイネが好き」

彼の言葉に応える。腰の動きが速くなった。ずんずんと中を抉られ、そのたびに軽くイく。

「は、あ、あ……ハイネ……」

揺さぶられすぎて身体がキツい。何度もイかされるのが辛くて、だけども気持ち良くて、何もかも分からなくなる。

パンパンという肌を打ち付ける音が耳に届く。屹立は痛いほどに硬く、私の中を何度も往復した。ふるふると乳房が揺れる。

「ひ、は……んっんっ」

枕を抱きしめ、与えられる快楽に喘ぐ。

頭の中が真っ白で何も考えられない。もう駄目だと思った頃、ハイネは亀頭を最奥に押しつけた。それとほぼ同時に熱いものが吐き出される。

「は……あ……」

ようやく解放され、ベッドに倒れ込む。全身に汗をびっしょりと掻いていた。身体に力が入らない。なんとか息を整えていると、ハイネが私の名前を呼んだ。

「フレイ」

「へ」

甘い余韻に浸る間もなく、肉棒を引き抜いたハイネは私を仰向けにさせると、今度は正常位で挿入してきた。

「あああっ」

「まだまだ夜はこれからですよ」

解けきった蜜孔はあっさりと雄を呑み込んだ。殆ど硬度を失っていない肉棒が元気に私の中を往復する。

「あ、あ、あ、あ……」

「ああ、気持ち良い……」

はあっと息を吐き出しながらハイネが言う。その、無意識に出たと分かる響きに、胸がキュンとした。

ハイネが、私を抱いて気持ち良いと思ってくれている。

それがすごく嬉しかったのだ。

「私も……」

手を伸ばし、彼の身体を引き寄せる。

ハイネは私に体重を掛けないよう器用に上半身を倒してくれた。

「フレイ、愛しています」

唇が重なる。すぐにそれは舌を絡め合う淫らなキスに変わった。肉棒は緩く中を刺激し、心地好い快感を伝えてくる。

「ん、は……んんっ」

上と下。どちらもハイネにグチャグチャにされ、だけどもそれが幸せだった。

だって、愛されている。

今までにない、心と身体両方が満たされる快感に頭の芯が痺れる。

私は、ハイネに愛されていて、そして私もハイネを愛してる。

だから身体の奥を暴かれるこの行為が、たとえようもなく心地好いものと感じられるのだと分かっていた。

彼以外ではこんな気持ちを得られない。やっぱりこの行為は、愛する人とするべきもの

なのだ。

「くっ……」

ハイネが三回目の精を吐き出す。息を吐く彼の首に己の両手を絡めた。

「フレイ……?」

「ねえ、もっと、シて?」

こんなのでは全然足りない。これで終わりなんて承服できない。

私はもっともっと彼に愛されたいのだ。

だから私はハイネに言う。

「愛してるの。だからシて欲しいんだけど……駄目?」

自覚して煽り立てた結果、もちろんハイネは狼になった。

第四章　あなた以外の男なんてもう無理

ハイネと両想いになって、数ヶ月が過ぎた。

彼は私に対し、ますます優しく甘くなり、毎日とても幸せな日々を送っている。

互いに好き合っているというのはとても気持ちが満たされ、他に何も要らないとまで思ってしまう始末だ。

あれからやっぱり読書は殆どできていないが、全く気にならないレベルといえば分かるだろうか。

今は少しでもハイネと一緒にいたいし、同じ時間を過ごしたいと思っていた。

——だって、好きなんだもの。

以前までの契約結婚を望んでいた自分のことなど棚に上げ、幸せに浸る。

やはり結婚は好きな人とするのが一番だ。

愛人？　とんでもない。そんなのは絶対に許せない。

彼には私だけがいればいいのだ。

手のひら返しもいいところだが、自分の気持ちがまるっと変わってしまったのだから仕方ないだろう。

幸せなのだから何も問題ない。

そろそろ彼との子供も欲しいが、これぱっかりは授かりものだ。

かなりの頻度で愛し合っているから、そう遠くない未来、妊娠するだろう。その時のことを考えると心が浮き立つし、何よりハイネの反応を見るのが楽しみである。

きっとものすごく喜んでくれると思うから。

「ふふっ」

顔がにやける。

侯爵邸にあるサンルームでのんびりお茶を楽しみながら思い出すのは昨日のことだ。

昨日、ハイネは私を抱いたあと、「そういえば」と聞いてきた。

◇◇◇

「――あなたは、私のどこが好きなんですか？」

「え？」

唐突な質問に、彼に腕枕してもらって上機嫌にまどろんでいた私は目を瞬かせた。

もう真夜中と言っていい時間帯。身体も疲れているし、このままトロトロと眠りに入ろうと思っていたところでの質問に戸惑う。

「ハイネ、いきなりなんなの？」

「いいえ。あなたは私のどこを好きになってくれたのだろうと、気になりまして」

「ふうん」

返事をしながらも、なんと言おうか考える。

私がハイネのどこに惚れたのか。

そういえば言っていなかったなと思ったのだ。

改めて考えてみる。

私に対してだけ優しかったり、弱気になったり、時々可愛いとこを見せてくれたりと、好きなところはたくさんあるが、特別これというのはない気がした。

結局――。

「総合、かしらね」

「……総合？」

なんだそれはという顔をされた。

まあ、そうだろうなと思う。私も同じことを言われたら、似たような表情になると思うから。

「要素はひとつではないってこと。色々な理由が重なり合って、気づいたら好きになっていた。そんな感じよ」

「要領を得ませんね……」

何故か困ったように言うハイネを見つめる。寝る前なので、もちろん彼は眼鏡を掛けていなかった。

額の辺りに触れる。滑らかな肌の感触を楽しんだ。

男の人なのに意外と言っては失礼かもしれないが、彼の肌はきめ細かく、触り心地がとてもいいのだ。顔の造りも精巧な人形を思わせるような繊細さがあるから、良い意味で男臭くない。

体格の良い、如何にも男！　という感じの人は私は苦手だったから、そこも彼が結婚相手で良かったと思う点だ。

クスクス笑いながら告げる。

「私、ハイネの素顔も好きよ。私だけが知ってる顔って感じがするもの」

「……ありがとうございます」

「何よ、気に入らないの？」

ちゃんと答えたのにどこか不満そうなハイネの頬を抓る。彼は「痛いです」と言いつつも、私の手を退けさせはしなかった。

うん、こういうところも好きだなと思う。

「別に気に入らないというわけではありません。あなたが嘘を吐いていないことだって分かっています。ただ、困ったなと思いまして」

「何が困るの？」

止められなかったので、そのままふにふにとハイネの頬を摘まむ。やっぱりハイネは私を止めない。おかげで私はやりたい放題だ。

「……どこが好きか明確に分かれば、そこを気をつけておけば、今後あなたに嫌われずに済むでしょう。だから知りたかったんです」

「えっ……」

「万が一にもあなたに嫌われたくないんですよ。ですから、気をつけるべきポイントを知りたいなと思ったのですが、総合と言われてしまうと……」

「……」

言ってて自分で恥ずかしくなったのか、ハイネが目を伏せる。

私はというと、ギュンギュンと胸がときめいていた。

——嘘。ハイネ、可愛い!!

なんだ、その可愛い理由は。

私に嫌われたくないと言った時のハイネの顔は本気だった。彼は本気でそれだけのために、どこが好きなのか聞いてきたのだ。多分、かなりの勇気を出して。

なんかもう、すごく可愛いし、そういうところが好きだなと思う。

「ハイネ」

「はい」

名前を呼ぶと、こちらを見てくれる。彼の頭を引き寄せ、コツンと額同士をぶつけた。

「馬鹿ね。そんなことを気にしていたの？」

「大事なことです。私はあなたと別れる気なんてないんですから」

「それは私も同じなんだけど。それにね」

言葉を句切り、彼を見る。

彼の灰色の瞳には、実は少し青色が混じっていることに気づいたのはつい最近のことだ。至近距離で、しかもよく観察しないと分からない。この距離感だからこそ気づけたということなのだろう。

「大丈夫よ。そう思ってくれるあなたなら、私があなたを嫌うことはないと思うわ」

「どういうことです？」

分からないのだろう。ハイネが首を傾げた。その鼻をキュッと押す。

「だから、私に嫌われないかなって気にしてくれているあなたなら大丈夫ってこと。私、そんなあなたが好きだなって思うから」

「……フレイ」

「私を大事に思ってくれるあなたが好きよ。もちろん好きなのはそこだけではないけれど。でも、あなたがそう思って行動してくれている限り、私があなたを嫌いになる日が来ることはないわ」

「本当、ですか？　本当にそれだけで大丈夫なのです？」

「ええ」

心配そうに聞いてくる彼に頷いてみせる。

優秀なのに、私のことになると途端に弱気になってしまう人。

結局私は、ハイネの全てが好きなのだ。

最初は違ったのかもしれないが、好きなところは日々増えていって、気づいたら全部と言えるくらい好きになっていた。

そう思えることが幸せだと思う。

だからもう一度言う。

「あなたが、私を好きでいてくれる限り、大丈夫」

「……それなら心配しなくてもいいということになるのですけど」

弱気なくせに、私に対しての想いだけはどこまでも自信家な彼に笑ってしまう。

ああ、そんなところも好きだ。

「そういうことよ。あ、せっかくだから、私の何が好きなのかも教えてちょうだい。好きになった切っ掛けは聞いたけど、具体的にどこが好きなのかは聞いていないから」

「え、全部ですけど」

「……」

迷わず即答したハイネを見つめる。

彼は真剣な顔をして言った。

「あなたを形作る全てが好きですよ。顔も性格も、全部。そんなの当たり前ではありませんか。あなたに嫌いなところなどありませんし、これからもずっと好きだと確信できます」

「……そういうところ」

「え？」

分からない、という顔をする彼の頰を力一杯抓ってやる。

こうやって彼は、無自覚に嫁を更に惚れされるのだから質が悪い。

好きな人に全部なんて言われて嬉しくないはずないではないか。

これが適当な誤魔化しなら許さないところだけれど、彼が本気で言ってくれているのは分かっている。

だから私は彼に言った。

「私も同じだって言ってるの。私もあなたなら全部好きよ、ハイネ。だからずっと大事にしてね」

「っ、もちろんです」

ぎゅっと抱きしめられ、その腕の中の温もりに浸る。

多分きっと、これを幸せと言うのだと思った。

「〜♪」

昨夜のことを思い出すと、勝手に口元が笑みを象る。

あのあと、盛り上がってしまった私たちはもう一度抱き合ったのだが、それもまた良かった。睡眠時間は削られたが、心が満たされたからだ。あのなんとも言えない充足感は、ハイネが相手だからこそ得られるものなのだろう。

「早く帰ってこないかしら」

結婚当初の自分なら絶対言わなかったことを呟く。

ハイネは今、城でお仕事中だ。夕方には帰ってくると分かってはいるが、ひどく待ち遠しい。きっとハイネも同じように思ってくれているだろう。

互いの気持ちが通じ合った私たちは今、まさに蜜月と呼べる時間を過ごしているのだ。

「まだ昼過ぎ……夕方までは長いわね」

ハア、と息を吐く。ハイネが帰ってくるまで何をしていようか。

侯爵領の治水対策についての資料でもまとめておけば、ハイネは喜んでくれるだろうか。

私の助けなど必要ないくらいに彼が優秀だということは分かっているが、少しでも彼の力になれれば嬉しい。

そうと決まればと思い、座っていた椅子から立ち上がる。ちょうどそのタイミングで、扉がノックされた。

お茶のおかわりでも持ってきたのかと思い、返事をする。

「はい」

「奥様、宜しいでしょうか」

「ええ、入って良いわよ」

聞こえてきたのは家令の声だ。二十年以上、侯爵家に仕えてくれているという彼は、使用人たちのまとめ役で、ハイネも認める優秀な人物だ。

「失礼致します」

入室してきた家令は、私に向かって一礼し、要件を告げた。

「急なお話で申し訳ありません。実は今、城から伝令が参りまして。陛下が今すぐ奥様に城に来てもらいたいと、そうおっしゃっているそうです」

「お兄様が？」

「はい」

兄が私になんの用なのか。

だが、現国王である兄から呼び出されて、行かないという選択肢はない。

疑問はあったが私は急いで支度を整え、侯爵家所有の馬車へ飛び乗った。

「お兄様、お呼びと伺いましたが」
通されたのは、謁見の間だった。
歴史を感じさせる謁見の間は、百人を優に超える人数を収容できる広さがある。中央には緋色の絨毯が敷かれ、奥には玉座と国章が描かれた垂れ幕が下がっていた。
その玉座にはもちろん兄が座っていたのだが、何故か謁見の間には多くの大臣や兵士たちまでもがいた。当然、兄の両脇には宰相である私の夫と、あとは珍しくも相談役であるセイリールが立っている。

まさに城の重要人物が勢揃いといった感じだった。

「?」

てっきり私的な話があって呼ばれたと思っていたのに、なんだか雰囲気が違う。

助けを求めるように夫を見ると、彼も怪訝な顔をしていた。どうやら私が呼ばれていたことを知らなかったらしい。

首を小さく左右に振っているのを見て、言い知れぬ不安に襲われた。

「お兄様?」

何も分からないままなのは怖い。そう思い、兄を見る。

兄は玉座から立ち上がると、私に向かって言い放った。

「フレイ。お前に縁談が来ている。相手は東の島のウェルネス国の国王だ。向こうは一夫多妻制で、お前を第三妃に是非貰い受けたいと言っている」

「え……」

あまりにも予想外で、言われた言葉が咄嗟に理解できない。

言葉を失う私だったが、代わりに兄の隣にいたハイネが血相を変えていた。

「陛下！　それはどういうことです。私は何も聞いておりません！　大体、フレイは既婚者です。私という夫がいることは陛下が一番よくご存じでしょう！」

「ハイネ、話は最後まで聞け」

「っ」

食ってかかるハイネに、兄が静かに告げる。

ハイネはハッとしたように兄から離れ、「失礼致しました」と頭を下げ、元の位置に戻った。それでもよく見れば顔色は蒼白だったし、身体は小刻みに震えている。

何が起こっているのか。

ハイネも、もちろん私にも分からなかった。

縋るように兄を見ると、兄は頷き、口を開いた。

「もちろん先方には、フレイが既婚である旨を伝えた。すでに我が妹は降嫁し、王籍を離れているとも。だが、向こうの国王はお前に一目惚れをしたらしく、どうしても諦められないのだと、聞く耳を持たないのだ」

「……そんな……いつ？　私、ウェルネス国の国王陛下とお会いしたことなど……」

国の存在は当然知っているが、個人的に会ったことなどない。

どこで見初められたのかさっぱり分からなかった。

私の質問に兄が答える。

「少し前、お前とハイネが一緒に出席した夜会を覚えているか。あの時、賓客としてウェルネス国王を招待していたのだ。壁際に立つお前の姿に一目惚れしたらしい。確か、その時のお前はセイリールと話していたとか」

「……夜会」

思い当たる夜会はひとつしかない。

ハイネと一緒に出席した夜会。彼が女性にキャアキャア言われていたのが腹立たしく、他のことなど何も見えていなかったけれど、あの夜会にウェルネス国王も出席していたのか。

ウェルネス国王の姿は見なかったが、セイリールとは話をしたことを覚えている。その時に見初められたと言われ、なんて運が悪いと思った。

「お兄様、私……」

「かの国には陶磁器や向こうにしかない香辛料などがあり、できれば機嫌を損ねたくない。それはお前も分かっているな？」

「え、ええ。それは……はい」

嫌だ、と断ろうとしたタイミングで兄に窘めるように言われた。

王女として、他国との交易については勉強していたからその辺りは分かる。

ウェルネス国の香辛料は、かの国でしか取れない原材料を使用しており、とても稀少価値が高いのだ。陶磁器も有名で、繊細かつ優美なデザインは、貴族たちがこぞって愛用していた。

向こうもこちらの品を色々輸入してくれており、やりとりは頻繁に行われている。

ラクランシア王国として、絶対に失いたくない取引相手国のひとつだということは知っている。

だけど、それとこれとは話が別だ。

私がウェルネス国の王に嫁ぐ？

そんなのは嫌だと思うと同時に、ハイネがなんと言うのか、とても気になった。

兄――国王に命令されたら宰相である彼は私を差し出すのだろうか。

言い知れぬ不安に襲われながらも頷くと、兄はホッとした顔をした。

「良かった。そこまで分かってくれているのなら、私の言いたいことも理解してくれるな。フレイ、お前には申し訳ないと思うが、ここは国として益を優先したいところ。今すぐハイネと離婚し、ウェルネス国王の第三妃として嫁いで欲しい」

「えっ……!?」

「幸いにも向こうは、お前が初婚でなくとも構わないと言って下さっている。我が国の法律では離婚後最低半年は再婚できないから、結婚式は最短で半年後になると思うが――」

「待って下さい!!」

兄が最後まで言葉を言う前に、ハイネが叫んだ。

「私は？　私の意思は無視ですか!?　そもそもどうして私がその話を知らないのですか。そのような話なら真っ先に宰相である私に来るはずです！」

顔色を変えるハイネに、兄の隣にいたセイリールが眉を下げて言う。

「すみません。君に話をしないでおこうと言ったのは僕です。だって君に言えば、形になる前に話を潰してしまったでしょう?」

「当たり前じゃないですか！　黙って妻を差し出す夫が、どこの世界にいるというんです！」

「そうだ。だからお前には秘密にした。当事者となるお前が冷静に判断できるとは思えなかったからな。ハイネ、分かるな。お前も宰相という立場に立つ人間だ。個人の感情よりも国の利益になるよう動くべきだと、私が言うまでもなく理解しているはずだ」

「そ、それは……」

兄に諭され、ハイネが唇を嚙みしめる。

その場に縫い付けられたように立ち尽くすハイネを見つめた。

彼は今にも泣き出しそうな顔をしていた。

宰相として、どう答えるのが最善なのか、彼は言われるまでもなく分かっている。

もちろん私を差し出す、が正解だ。

そしてそれを理解しているからこそ苦しんでいる。

私はといえば、当たり前だけれど、夫と引き離されるなんて絶対に嫌だ。

結婚し、相互理解に努め、彼を好きになって、ようやく幸せと呼べる日々を摑んだのだ。

こういうのも悪くない。そう思い始めた矢先に、別の相手に嫁げと言われて「はい、分かりました」などと言えるわけがない。

だが、私は王女。

国のために尽くすのが当然の立場。降嫁して王籍を離れたとはいえ、自分の感情だけで行きたくないなんて告げられるはずがない。

それは夫も同じ。

今は悩んでいるが、最終的に、彼は私を差し出す決断をするだろう。

一見酷いようにも思えるが、彼の立場を考えれば当然のこと。

今後のウェルネス国との付き合いにも関わってくるとなれば、嫁ひとり差し出すことに躊躇いはすれど、断るという選択肢は彼にはない。

——そっか。ハイネとはこれでお別れなのね。

彼と過ごした日々は楽しかったのだけれど、もうその喜びは私には与えられないのだ。

私は彼と離婚し、ウェルネス国王の第三妃として嫁がなければならない。

それは王女としての義務。

王族として生まれた私には、断る権利など存在しない。

幼い頃から民のために国のために尽くせと、そう育てられてきたのだから。

「……」

咄嗟に己の身体を抱きしめる。

ハイネと別れ、別の男と結婚するところを想像して、全身に鳥肌が立ったのだ。

彼以外の男に触れられる。それがどうにもおぞましく思えて仕方ない。

身体が、心が、私の全部が無理だと叫ぶ。

それでも、心を壊してでも私は行かなければならない。

それが王女として生まれた私の義務なのだから——。

「嫌です!!」

「えっ……」

全てを諦め、空虚な気持ちになりかけたその時、ハイネが大声で叫んだ。

彼は人目も気にせず、兄に食ってかかっている。

「絶対に嫌です。認めません。私の妻です！　やっと結婚できたんだ。それなのにどうして他人に渡してやらなければいけないんです！　私は絶対に認めません!!」

「ハイネ……」

目を丸くして彼を見つめる。

ハイネは血相を変え、必死に兄に訴えていた。

「ウェルネス国には代わりにご満足いただけるものを必ず用意してみせます。陛下にご迷惑は掛けません。ですから、ですからお願いします。私から妻を奪わないで下さい!!」

「……」

兄がハイネを凝視している。兄の隣にいたセイリールも驚いている様子だった。

そして、この場に集まった大臣や兵士たちも、普段とは全く違うハイネの様子に呆然としていた。

「……え、あれがあの宰相様？」

「嘘だろう？　何があっても眉一つ動かさない氷の宰相と呼ばれている人だぞ？」

「陛下に取りすがって……オレたちは夢でも見ているのか？」

謁見の間に動揺が広がっていく。だがハイネは周囲の様子にも全く気づかないようで、必死に兄に縋り付いていた。

「嫌です。フレイを失うなんて私には耐えられません。そんなことになるくらいなら死んだ方がマシだ。陛下、私はフレイを愛しているんです。だから、どうか私から愛しいあの人を奪わないで……」

ついには地面に頽れ、ハイネは涙を流した。その背中から驚くほどの悲哀が伝わってくる。

いつもの冷静な宰相なんてどこにもいなかった。

「……ハイネ」

全員が常ならぬ彼の様子に動けない中、私はひとり、彼の下に歩み寄った。

私だけが動けたのはもちろん、こういう彼にすでに耐性があるからだ。

結婚してから様々な彼の表情を見ている私からしてみれば、私を想って涙する彼だって予想の範囲内でしかない。

「ハイネ」

彼の側に寄り添い、膝を突く。背中を優しく撫でた。

泣き濡れた顔が私を見る。

「あ……フレイ、私は……」

「いいの。私は嬉しかったから。断ってくれて本当に嬉しかったわ」

不思議な高揚感が私を包んでいた。

宰相であるハイネが見せてくれた、私への執着。

てっきり手放されるものと諦めていた私に、それは眩しく映った。それと同時に、涙が出るほど嬉しかったのだ。

私は諦めかけていたのに、彼は嫌だと言ってくれるのか。

無理だと分かっているのに、それでも国王である兄に食い下がってくれるのか、と。

そして夫のそんな姿を見てしまえば、いくら私でも勇気のひとつくらい出さなければ女が廃るというもので。

「お兄様」

私は立ち上がり、にこりと笑って兄を見た。

「フレイ」

「私、ウェルネス国王には嫁ぎません」

「お前……」

「だって嫌なんですもの。この人を置いて別の人に嫁げるはずないじゃありませんか」

きっぱりと言った。

兄は目を瞬かせ、驚いたように私に言った。

「……そこは、夫のために自分から『分かりました。嫁ぎます』と言うところではないのか？」

「まさか。ここまで夫が頑張ってくれているのに、無駄にするようなことをするわけがないでしょう。そんなのは美談でもなんでもありません」

思ったことを正直に告げる。

確かに、そういう道を選ぶ女性も中にはいるだろう。夫が罰せられないように、そして国のためにと自分が犠牲になることを選ぶ。それは美談と呼ばれるものだ。

だけど、私にとってそれは愚策以外での何ものでもないのだ。

こんなにも夫が必死で抵抗してくれているのに、じゃあ行きます、なんて言えるわけがない。

私だって別の男になど嫁ぎたくないのだ。それならもう、腹を括って、一緒に嫌だと言うしかないだろう。

「私、今更ハイネ以外を夫とするつもりはありません」

「し、しかし……先方はどうしてもお前をと……」

「他人の妻を横取りしたいなんて考え、そしてそれが通ると思っているところ、いくら一国の王でもさすがにどうかと思いますけど？　お兄様もお兄様です。そんな礼儀も知らない国の言うことを鵜呑みになさるおつもりですか？」

「……」

「もちろん、私が独身でしたら喜んで嫁がせていただいたと思います。ですけど、私は既婚者なのですよ？　それを離婚して……というのはあまりにも横暴ではありませんか。夫であるハイネに対しても失礼です」

言いたいことを言い切る。

別に怒られようと構わない。何も言わずに別の男に嫁がされるよりはずっとマシだと思うからだ。

これでも駄目だ、我が儘だというのなら、それはもう仕方ない。

嫌だけど、すごく嫌だけど、国のために嫁いでやろうではないか。

その代わり、長生きできるとは思わないで欲しい。愛する人と無理やり引き離されて幸せに天寿を全うできると思ってもらっては困るのだ。

自死を選ぶつもりはないが、きっと数年以内に私は死ぬだろう。だけど別にそれでいい。

そして言われた通り嫁いだのだから、文句を言われる筋合いもない。

死んだらハイネのところに会いに行こう。きっと彼は私に気づいてくれるはず。

「お兄様」

そこまで決意し、兄を睨み付ける。ハイネも涙を拭い、立ち上がった。

「すみません。情けないところをお見せしました」

「いいのよ。そういうところも可愛いって思うから」

「……嬉しくありませんね」

仕切り直すように、ハイネが眼鏡に手を掛ける。ふう、と息を吐き、彼もまた兄に向かった。

「陛下。私は自分の意見を変えるつもりはありません。私にはフレイが必要なのです。彼女なくして私の人生はないといっても過言ではありません。どうか……先方には私の方から必ずやご満足していただける償いをしますので」

「……」

兄は何も言わず、私たちを見ている。

沈黙が続く。それが耐えきれないと思い始めた頃、唐突に兄が吹き出した。

「くっ、くくっ……！　いや、想像以上だ。まさかハイネがここまで取り乱すとはな」

「へ……？」

我慢できないというように腹を抱えて笑う兄を呆然と見つめる。隣のハイネも何が起こっているのか分からないという感じだった。

「陛下？」

「い、いや、すまない。今の話は、嘘だ。フレイをウェルネス国王に嫁がせる話はないから安心しろ」

「はあ⁉」

「ぶあっはっはっ！」

大笑いされた。

兄から告げられた言葉に、ふたり揃って目を見開く。

嘘？　今兄は、嘘と言ったのか。

「陛下！　どういうことですか！　ご説明を‼」

愕然とする私とは違い、さっさと己を立て直したハイネが兄に食ってかかる。兄は何が面白いのか、ずっと笑い続けていた。

兄の代わりにセイリールが一歩前に出る。

「落ち着いて下さい、ハイネ。今、陛下がおっしゃったことが全てですよ」

「セイリール！　お前もグルなのか!!」

「グル……といいますか、今回の発案者は僕なので」

「はあ!?」

カッと目を見開き、ハイネがセイリールの襟元を掴む。大音声で言った。

「事と次第によっては、私はお前を絶対に許さない！　どういうことだ！　説明しろ！」

「おやおや。ハイネ、いつもの冷静な君はどこへ行ったんですか」

「うるさい！　今更取り繕っていられるか！」

「まあ、そういうところですよね」

「え……」

やっぱりという風に告げるセイリールを見る。彼はギリギリと睨み付けるハイネを無視し、私に言った。

「フレイ様。フレイ様はご存じですよね。ハイネが皆からどのように思われているのか」

「え、ええ。眉一つ動かさない氷の宰相。冷徹で、笑った顔なんて誰も見たことがない……こんな感じかしら」

ハイネのイメージを思い出しながら告げる。

私からすれば笑い話だが、実際これが皆の持つ彼のイメージなのだからこうとしか答えられない。

私の答えを聞き、セイリールが頷く。

「はい、その通りです。ハイネ、君も自分の噂は知っていますよね」

「それがどうしたっていうんです」

「今回、その噂が問題になったのですよ」

「？」

セイリールの言葉の意味が分からず首を傾げる。彼はハイネの手をポンポンと叩き、

「説明しますから離して下さい」と言った。

渋々ハイネが襟首から手を離す。セイリールは「はあ……苦しかった」と息を吐いた。

そうしてハイネに向かって言う。

「ハイネ、君はフレイ様が皆に愛されているのはご存じですか？」

「もちろん。フレイは皆に愛されている王女です。私はそんな彼女を娶れて幸せだと思っていますとも」

当然、と言ってのけるハイネ。だがセイリールはやれやれと肩を竦めた。

「……それを表情一つ変えず言うところが駄目なんです。少し考えれば分かるでしょう。フレイ様は皆に愛されている王女。当然皆はフレイ様に幸せな結婚をして欲しいと思っています」

「……それがどうかしましたか」

「まだ分かりませんか？　その幸せを願う王女の結婚相手が、事もあろうに血も涙もない冷徹な氷の宰相。結婚後だって君はいつも通りで、何ら変わった様子もありませんでした。皆は思うわけです。王女様はこんな男と結婚して、本当に幸せになれているのだろうか、と」

「……」

チラ、とこちらを見られた。

私としては驚くばかりだ。

皆が私のことを好いてくれているのはもちろん知っていた。

それを嬉しいと思っていたし、だからこそ応えたいと思ってきたのだけれど、結婚後についても心配されていたなんて。

「いつもと変わらない氷の宰相。皆は確信しました。きっと王女は不幸に違いない、と。だから皆は陛下に訴えたのです。皆に愛される王女が不幸な結婚をするなんて許せない。この結婚は間違いだ。離婚させ、別の男に嫁いだ方が王女はきっと幸せになれる、と」

「……え」

「本当に嘆願書が来たのだ。あの時はびっくりした」

兄がまだ笑いながら言う。

セイリールが「陛下、笑っている場合ではありません」と兄を諫めた。

「失礼。話を続けますね。陛下はハイネがフレイ様を昔から慕っていることを知っていました。だから今回の結婚話に繋がったのです。ハイネがどれだけフレイ様に惚れているか知っている陛下からしてみれば、皆からの嘆願書は笑い話でしかありません。ですが、誰が信じますか？　氷の宰相は王女にベタ惚れだから大丈夫、だなんて言われて、実情を知らない状態で、信じられます？」

「無理ね」

ハイネには申し訳ないけれど、そうとしか答えられなかった。

だって確かにハイネは私には優しかったけど、それはあくまで私に対してだけ。城では今まで通りだったというのなら、皆が納得できないのは当然だ。

ハイネは身に覚えがあるのか、黙ってセイリールの話を聞いている。だが、その目は彼を睨み付けていたし、怒り狂っているのは間違いなさそうだ。

セイリールは気にした様子もなく軽い口調で言った。

「まあ、そういうわけで、一芝居打つことにしたのですよ。ハイネがフレイ様にベタ惚れである証拠を皆に見せる。そうすれば皆もフレイ様が幸せだと信じるしかなくなるでしょう？　いやあ、なかなかの名演技だったとは思いませんか？」

「私も頑張ったぞ」

何故か兄まで自慢げに胸を張る。セイリールが「ええ」と頷いた。

恭しく頭を下げる。

「お見事でした。陛下」

「ハイネが想像以上の慌てっぷりを見せてくれて実に面白かった」

「いやもう、はい。僕もハイネがここまで取り乱すとは……ふふっ」

笑いを噛み殺すのに失敗したセイリールが失礼、と言う。共犯のふたりはとても楽しそうだ。

ハイネはといえば、ギリギリと歯ぎしりし、セイリールを射殺さんばかりである。

「セイリール……貴様……私を騙したな……！」

「騙しただなんて人聞きの悪い。元はといえば君が悪いんでしょう。結婚後のフレイ様の様子が気になっても、君は秘密主義で屋敷に立ち入ることすら許さないし。仕方なく直接話を聞こうとすれば、何も答えずだんまりを決め込む。酷い時はあからさまに不機嫌になるとくれば、誰だってフレイ様のことを心配しますよ」

「ハイネ、そんなことしていたの？　さすがにその態度は酷いと私も思うけど……」

セイリールの言う通りだ。そこまでされれば、私でもこの男と結婚した相手は大丈夫なのか気になってしまう。

特に屋敷に立ち入らせないというのは驚いた。

言われてみれば、確かに屋敷には殆ど人が来なかった。そんなものなのかなと特段気にしてはいなかったのだけれど、まさかそれがハイネのせいだったとは。

じっとハイネを見つめる。

セイリールに対してはどこまでも素っ気ないハイネだが、私に対しては違うので、口ごもりながらも答えてくれた。

「そ、それは、ですね」

「ええ」

相槌を打つ。じっと見つめると、彼はじわじわと頬を赤くした。それを見て、セイリールが言う。

「気持ち悪いですね」

「うるさい！　お前に言ってない！」

光の速さで言い返していた。

セイリールに対する態度が酷すぎる……というか、彼に対してはいつもの丁寧な口調も崩れるし、冷静ではいられなくなるらしい。

ある意味、私に対してよりも特別ではないかと思ってしまった。

いやまあ、嫌っているのは分かるので、さすがにそれで妬いたりはしないけれど。

とにかく、ハイネが如何に彼を意識しているのかよく分かるなと思っていると、彼はセイリールを無視し、私に言った。

「屋敷に立ち入らせなかったのは、せっかく新婚生活を楽しんでいるのに他人に邪魔されたくなかったから。あなたのことを聞かれても何も答えなかったのは、その、大事な妻の話を他の誰かに話すなんて勿体ないことをしたくなかっただけです。機嫌が悪くなるのも、似たような理由です。……他の誰かがあなたの話をするのが気に入らなかったんですよ」

「え、そんな理由？」

想像以上にくだらない理由だった。いや、ハイネらしいといえばハイネらしいのか？

悩んでいると、ハイネは真剣な顔をして言った。

「他に理由なんてあります？　それなのに部下たちときたらしつこくあなたのことを聞いてきて……ええ、機嫌だって限界まで悪くなるというものです」

「……」

ブツブツと文句を言うハイネを見つめる。

ちなみにまた兄は笑い転げたし、セイリールもひっそりと笑っていた。

いや……うん。これは笑われても仕方ないと思う。

セイリールがハイネに問いかける。

「君、今の、本気で言ってます？」

「もちろんです」

「フレイ様」

確認するようにセイリールに名前を呼ばれ、私もとても残念だと思いながら頷いた。

「あなたたちは知らないかもしれないけど、ハイネはこういう人よ。屋敷ではいつもこんな感じなの」

「……なんというか、想像以上だったな」

ようやく笑いを納めた兄が、うんうんと頷く。そうしてハイネに向かって言った。

「理解したか、ハイネ。今回の話、半分以上はお前の自業自得で起こったことだと」

ハイネが苦虫を噛み潰したような顔をする。それでも渋々といった様子で口を開いた。

「……認めたくはありませんが、そのようですね。私はただ、フレイとのことを誰にも言いたくなかっただけなのですけど」

「私はお前の気持ちを知っていたから想像はつくが、皆は普段のお前しか知らないからな。お前の頑なな態度を見て誤解するのも仕方ないだろう。だが、いつものお前なら、それくらい気がつきそうなものなのだがな」

揶揄するように言われ、ハイネは小さく息を吐いた。

「……フレイが皆から愛されている王女だということは分かっていたのですが、そこまで思い至っておりませんでした。彼女を妻に迎えることができ、よほど浮かれていたようです」

「そのようだな。しかし……浮かれていたか？　全く分からなかったぞ」

「屋敷の使用人たちにはバレていましたよ。実際、浮かれすぎだと釘を刺されましたし」

ハイネの言葉を聞き、へえと思う。

確かに使用人たちからは、ハイネがウキウキしていると聞いたが、彼を諌めてもいたのか。

侯爵家の使用人たちは、ハイネと付き合いが長いせいか、彼のことを色眼鏡で見たりはしない。だからか距離が近く、言いたいことも言えるのだ。そういう関係を作ることができているのはすごくいいと思う。

自業自得だと兄に言われたハイネが苦い顔をする。そんなハイネを優しい目で見た兄は、「さて」と謁見の間に集まった兵士たちに言った。

「皆も納得してくれたか？　どうやら我が妹はハイネに嫁いで不幸になどなってはいないそうだ」

「……」

謁見の間にいる皆が私たちを見ている。そうだ。すっかり忘れていたけれど、ここにはたくさんの人がいたのだった。

これは掻かなくていい恥を掻いただけなのではと思い、内心頭を抱えていると、セイリールがやってきた。私に向かって頭を下げる。

「フレイ様」

「セイリール」

「このたびは、驚かせてしまい申し訳ありません。でも、これくらいしないと、皆は分かってくれないと思いまして、実行させていただきました」

じっと彼のつむじを見つめる。はあ、と息を吐いた。

「いいわよ。あなたの言うことは間違ってないと思うし。皆が納得してくれたのなら水に流すわ」

「良かった。ええ、皆も分かってくれたと思いますよ。何せ、先ほどのハイネの狼狽ぶりと言ったら。これから長く語り継がれるであろうこと間違いなしだと思います」

「屋敷ではいつもあんな感じなのだけど」

「おや、それは羨ましい。フレイ様は楽しいハイネをご存じなのですね」

「そうなの。見ていて飽きないわよ」

ふたりで軽口を叩き合う。セイリールはホッとしたように笑っていた。色々覚悟の上だったのだろう。そんな彼にハイネが言った。

「……自業自得だということは分かっています。ですがまた私はお前の手のひらの上で踊らされていたと、そういうわけですか」

「ハイネ」

ハイネが悔しげにセイリールを睨む。宥めるように名前を呼ぶも、彼は怒りが収まらないようだった。

「まただ、またお前にしてやられた。昔からそうだ。いつだってお前は私の一歩先にいて、私を翻弄する。今の私の宰相の地位だって、お前が望まなかったから私のところに来ただけの話。お前が真剣に望めば、私が勝てるはずがなかったんだ」

「おやおや」

「どれだけ努力してもお前には敵わない。今回だって、説明されるまで嘘だと気づけなかった。私は所詮、その程度の男なんだ……」

「落ち込まないで下さいよ。君がそれだけフレイ様のことが好きだったからでしょう。でなければあんな姿は見せなかったと皆、分かっていますよ」

「……貴様に慰められるほど、腹立たしいことはない……！」

「君、本当に僕のことが嫌いですね」

「当たり前だ」

吐き捨てるように言うハイネを、セイリールが面白そうに見ている。

そうして「あ、そうだ」と世間話でもするかのように言った。

「君、僕に勝てないなんて言ってますけどね、肝心なところは僕に勝ってますから。僕の方が羨ましいくらいですよ」

「はあ？　なんの話だ。お前が私に負けたことなど一度もないだろう。忌々しい。つまらない嘘など吐くな。吐き気がする」

「嘘じゃありませんって。だって君、フレイ様を娶れたじゃないですか。僕だってフレイ様のことが好きだったのに。ある日突然、君がフレイ様と婚約したと聞かされた時は、本気で世界が終わるかと思いましたよ。だから、これくらい許して欲しいんですけどね」

「え……？」

あははと笑いながら言うセイリールを凝視する。今、彼はとんでもないことを言わなかったか。

その、私のことが好きとかなんとか……。

「え、セイリールって私のことが好きだったの？」

愕然としながら尋ねると、彼は眉を下げ、肯定した。

「はい。それこそ昔から。僕もハイネほどではありませんが、あなたの結婚話は潰してきましたからね。それがねえ、いつの間にやら婚約ですよ。知った時には、何が起こったのかさっぱり分かりませんでした。潰そうにも話を持ちかけたのは陛下で、すでに婚約は結ばれたあとでしたからね。さすがに僕も手が出せなくて……はあ、あれは僕的に史上最大の失態でした。その場にいたら、絶対に阻止したのに」

小さくため息を吐くセイリール。それに反応したのはハイネではなく、兄だった。

「なんだ。お前もフレイのことが好きだったのか？　言ってくれれば、お前にも平等にチヤンスを与えたのに……」

「僕は恋心を秘めておきたいタイプなんですよ。ま、失敗でしたけどね。あからさまに陛下にアピールしていたハイネの勝利です。——というわけなんですけど、ハイネ」

名前を呼ばれたハイネが、ハッとした顔でセイリールを見る。その表情から、彼もまたセイリールの気持ちを知らなかったことが窺い知れた。

おそるおそるという風にハイネがセイリールに聞く。

「……本当に？　お前もフレイを？」

「ええ。嘘なんて吐いても仕方ありません。ま、残念ながら敗北を喫しましたけど。そういえば、僕、誰かに負けたのなんて生まれて初めてですよ。それが恋愛事っていうのがある意味僕らしいのかもしれないですけど」

「……」

何故か楽しげに笑い、セイリールは私を見た。

「フレイ様」

「な、何？」

「ひとつだけ。もし僕が求婚していたら、受けて下さいましたか？」

「……」

冗談ぽく聞いてはいるが、彼が本気であることを知り、真面目に考えた。

熟考してから口を開く。

「そうね。ハイネと同じタイミングだったとしたら、きっと私はどちらでも構わないと答えたと思うわ」

「っ」

言葉を句切る。ハイネが息を呑んだのが分かった。

どうやら私が次に何を言うのか心配らしい。

困った夫だと思いながら言葉を続けた。

「でも、今は私、ハイネのことが好きなの。だから何を言われても『ごめんなさい』しか言えないわね」

過去の私は知らないけれど、今の私はハイネが好きで、彼と結婚して良かったと思っている。それが全てだ。

きっぱりと告げると、セイリールはやっぱりと言わんばかりに苦笑した。

「そうですよね。うーん、僕ってタイミングが悪いのかなあ」

うんうんと唸り、顔を上げたセイリールはどこかすっきりとした表情をしていた。

「うん、はっきり言っていただいてよかった。ありがとうございます、フレイ様。どうかこれからもハイネとお幸せに」

「ありがとう」

「ハイネも。フレイ様を泣かせないで下さいね。……さっきのウェルネス国の話。話が来たこと自体は本当なんですから。問題にならないように断りを入れた僕と陛下によーく感謝して、今後もフレイ様を大切にして下さいよ」

セイリールの言葉に、ハイネが苦い顔をした。

「……やはり話自体はあったのですか」

「ありましたよ。だからこそ、真に迫っていたでしょう？」

「……ええ。実にありそうな話だと思いましたよ。あそこの国王は女好きでよく知られていますしね。彼がこの国にしばらく滞在していたのも事実ですから、疑おうとも思いませんでした」

「君ならそうだろうと思いました。だから、この話を使ったんです。それで、返事は？」

「言われるまでもありません。フレイは私が全力で幸せにします」

「はい。それならもう、僕から言うことは何もありません」

にこりと笑ったセイリールはくるりと向きを変え、謁見の間にいる皆に言った。

「そういうわけですので、皆、納得しましたね？　フレイ様は幸せだそうですし、ハイネはこの通り、フレイ様を好きすぎる男だということが判明しましたので、何も心配することはなさそうですよ」

ざわっと場が揺れる。パラパラと拍手が湧き起こった。それは徐々に大きくなり、最終的には割れんばかりに大きな音となる。

「……」

目を見張る私にセイリールがにこやかに言う。

「良かったですね。皆、納得してくれたようですよ」

兄もうんうんと満足そうに頷いた。

「これにて、一件落着、だな」

「一件落着……そうですか？　私としては、なんだか見世物にされた気分ですが」

すっかりいつもの調子に戻ったハイネに、兄がにこやかに言う。

「そう言うな、ハイネ。良いではないか。全てが丸く収まったのだから」

「丸く？　そうですか、なるほど丸く、ね」

ハイネの声の響きは、冷徹を謳われた彼らしい冷たさで、何かを感じ取ったらしい兄が、

「ハ、ハイネ？」

ヒクリと頬を引き攣らせた。

「よく分かりました。私の至らなさが原因で、陛下並びに皆様にご心配を掛けてしまったこと、誠に心苦しく、そして申し訳なく思います。今後はこのようなことがないよう気をつけていく所存ではありますが――ええ、さしあたっては今現在、私は少々問題を抱えておりまして」

「も、問題。なんだ、ハイネ」

兄の声がひっくり返っている。ハイネが次に何を言い出すのかとビクビクしているのが伝わってきた。

「ご存じないかもしれませんが、実は私は非常に傷つきやすい繊細な男なのですよ。今回の件、私が悪いとは分かってはおりますが、結果として酷く心を痛めてしまいました。もちろん、それは妻も同じかと。この傷ついた心を癒やすには、少なくともひと月は仕事を離れ、バカンスに勤しむ必要があるかと思うのですが如何でしょうか」

「ひと月？　お前、何を言っている！　宰相のお前がひと月も留守にしてどうするつもりだ！」

顔面蒼白になる兄。ハイネは自分は関係ない、みたいな顔をしているセイリールの方を見て淡々と言った。

「陛下には優秀な相談役がついているではありませんか。ええ、天才の名を欲しいままにするセイリールが。彼は私以上に優秀な男ですからね。私の不在など感じさせもしないでしょう。何も心配する必要はありません」

「えっ」

まさか自分にまで火の粉が飛んでくるとは思わなかったのか、セイリールが顔色を変えた。慌てて文句を言う。

「ハイネ、僕まで巻き込まないで下さい！　僕はこれから以前より目を付けていた鉱山へ行こうと思っていたのですよ。君の代わりなんて冗談じゃありません！」

「鉱山？　ええ、好きに行けばいいじゃありませんか。私の代わりをしっかりひと月勤め上げてからいくらでも。天才のお前なら、造作もないことでしょう？」

蒼白になるふたりに、ハイネはにっこりと笑ってみせた。

その笑みは、まるで魔王が笑ったのかと思うほどに禍々しく、その場にいた全員が震え上がった。

「ちょうどいい機会ですから、私たちは新婚旅行にでも行かせていただきますね。ほら、陛下も以前、おっしゃって下さっていたではありませんか。新婚旅行にすら行かせてやれなくて申し訳ない、と。陛下のような部下思いの素晴らしい方にお仕えできたこと、とても幸運に思います」

「ハ、ハイネ……そ、それは行っても良いということではなく。いや、待ってくれ。頼む」

兄がよろよろと手を伸ばす。ハイネは冷たい声でその嘆願を拒絶した。

「嫌です」

「嫌ですってお前……」

「これに懲りたら、二度と私を謀ろうなどという愚かな真似はなさらないように。陛下も、もちろんセイリール、お前もだ」

「……」

「海の底よりも深く反省なさって下さいね」

どう考えても意趣返しである。

ハイネの怒気を感じ取り、静まり返る謁見の間。そんな中、ハイネは私の手を握り、先ほどまでとは打って変わった柔らかい笑顔で告げた。

「そういうわけで、新婚旅行に行けそうですよ、フレイ。良かったですね」

「……」

全員の目が私に集中しているのを感じる。

分かっている。これは助けてくれ、なんとかしてくれという目だ。

特に兄とセイリールの懇願の視線が強かったが、私は私で今回の件、思うところがかなりあった。

だから悪いけど、ふたりの味方はしてあげられない。

ハイネと引き離されるかもと思ったあの絶望は、決して笑って許せるような生易しいものではなかったのだ。

「……そうね。私、温泉にでも入ってゆっくりしたいわ」

「あなたのお望みのままに。愛しいフレイ」

次の瞬間、謁見の間中にふたりの悲鳴が響く。

兄が「この似たもの夫婦め」と涙声で嘆いたが、褒め言葉と受け取った私たちの心には露ほども響かなかった。

兄たちを見事やり込めた私たちは、しっかりと新婚旅行の権利をもぎ取ってから屋敷へと帰ってきた。

「全く、酷い目に遭いました」

「もう、まだ言っているの？」

屋敷に戻ってもまだブツブツと文句を言っているハイネに苦笑する。

セイリールに一杯食わされたことがよほど悔しかったのだろう。

「いいじゃない。ハイネは私を手に入れられたんだし、新婚旅行にも行けるんだから。大勝利でしょ」

「それはそうですけど」

いい加減、納得しろという意味を込めて言うと、彼は気まずそうな顔をした。

ハイネはプライドが高いので、なかなか素直に頷けないのだろう。それは分かっていたが、そろそろ気持ちを切り替えて欲しいところだ。

「ね、それとも私をセイリールに取られても良かったの？」

「そんなわけありません！　何を失ってもあなただけは絶対に渡せない‼」

顔色を変えて大声を出すハイネに、「ありがとう」と笑う。

「そう言ってくれるのなら、いい加減機嫌を直してくれない？　私もちゃんとハイネを選んだわけなのだし」

「……すみません」

自分がしつこい自覚はあったのだろう。ハイネはしょぼんと肩を落としながら謝った。本当に私相手だと彼は感情表現が豊かだ。いや、今日、皆に見られたことで、これからはそこそこ出していくようになるのかもしれない。

「セイリールのこととなると、冷静になれなくて」

「昔からの因縁だものね。それは分かるけど、あんまり固執されると、私が嫉妬するわよ」

「あなたが？　誰に？」

「だから、セイリールに」

「……止めて下さい。冗談じゃない」

「あながち冗談でもないんだけど。とにかく、もうこの話はおしまい。いいかしら」

「……はい」

渋々ではあったが、ハイネは首を縦に振った。

とはいえ、きっと彼はこれからもセイリールに拘り続けるのだろう。それは昔からだから今更変えようもないし、変えようとしても無駄だと分かっている。

いつか自分の中で折り合いを付けられるようになればいいなといったところか。

ハイネの性格では、そんな日が来ることはないような気もするけれど。

階段を上り、なんとなくハイネの部屋へ一緒に行く。部屋の中に入ったところで、ハイネが言った。

「……でも」

「ん？」

足を止め、彼を見る。ハイネがじっと私を見つめていた。

「すごく腹立たしかったですけど、結果としてあの話が嘘で本当に良かった。あなたを失わずに済んでよかったと心から思います」

「私もよ」

否定するところはどこにもなかったので同意する。

皆を納得させるためには仕方なかったとはいえ、全く兄とセイリールは心臓に悪いドッキリを仕掛けてくれたものだ。

一時は本当にウェルネス国王の第三妃として嫁がなければならないかと悲壮な決意を固めていたのだから。

「嘘で良かったし、これからもハイネと一緒にいられることが嬉しいと思うわ。ふふ、新婚旅行、どこへ行こうかしら」

「どこへでも。あなたとならどこに行ったって楽しいですから」

ハイネが私の両手をギュッと握る。

「これからもずっと、あなたは私の妻だ」

「ええ」

そうでなければ困る。私は彼が好きなのだから。

どちらからともなく顔を近づける。唇を押しつけ合うだけの長いキスをし、微笑み合った。ハイネが目を細め、私に言う。

「愛しています、フレイ」

「私もよ。あなたのことを愛しているわ」

心から告げ、彼に抱きつく。

ハイネは私を抱え上げると、寝室へと連れて行った。何をされるのかは分かっていたが、私は抵抗しなかった。

私も彼と同じ気持ちだったからだ。

これからもふたりでいられる喜び。それが膨れ上がって今にも爆発しそうなのだ。

それを相手に伝えたい。そう思ったらもう、抱き合うしか選択肢はなかった。

「いい、ですか？」

私をベッドに下ろしながらハイネが聞く。私は笑みを浮かべ、頷いた。

「もちろんよ。私もハイネと同じ気持ちだもの」

「嬉しいです」

ハイネが私の隣に腰掛け、首を傾けてくる。

「んっ」

キスをしながらふたりでベッドに倒れ込んだ。とにかく早く繋がりたくて、彼の熱を感じたくて、身体が勝手に熱くなっていく。

ハイネが性急な手つきで愛撫を行う。ドレスも脱がせず、下着の隙間から指を入れてきた時には、つい笑ってしまった。

「ハイネ、ん……ちょっと焦りすぎよ」

「フレイ……すみません。でも我慢できなくて」

情けない顔をするこの人を愛しいと思った。彼の背を抱きしめる。

「私は逃げたりしないのに」

「一刻も早くあなたの中に入りたいんです。早くひとつになりたい」

訴えるような響きが心地好い。

蜜壺に潜り込んだ彼の指が、膣壁を刺激する。気持ちが昂ぶっていることもあり、それだけで達しそうになった。

普段よりも感じる気がする。

「ん、あ……んんっ」

いつもより甘い声を上げる私をハイネが愛おしげに見つめてきた。

だけど指の動きは止めない。それどころか二本目の指を入れ、蜜壺を広げるように掻き混ぜ始めた。

ハイネに抱かれたがっていた身体はその動きを悦び、応えるように蜜を溢れさせていく。

膣壁はうねり、もっと硬いものが奥に欲しいと訴えていた。

身体の深い場所が切なく疼き、我慢できない。

今すぐ彼のモノを挿れて欲しかった。

「ハイネ……」

もう駄目だ。あと少しだって耐えられない。

お願いだからもっと太くて硬いものを奥に挿入して欲しいとお願いしようとすると、それより先にハイネが言った。

「……フレイ、すみません。我慢できない。挿れて、いいですか？」

蜜壺から指を引き抜き、私を見てくる。その目は欲望に塗れた熱い炎を宿していた。

そんな目で見られていることにゾクゾクする。

この人はこんなにも私のことが欲しいのだ。

独占欲が甘く満たされ、私は小さく息を吐いた。

「いいわ。私も欲しいの。だから——早く」

「ああ、フレイ。愛しています」

うっとりと呟きながらハイネがトラウザーズを寛げ、大きく張り詰めた肉棒を引き摺り出す。

愛液でグチャグチャになった下着を脱がせ、足を大きく広げさせた。その瞬間、冷たい空気が蜜口に触れる。だがそれも、すぐに熱い亀頭の感触が掻き消した。

「っ……んああっ！」

肉棒が淫唇に押しつけられたと思った次の瞬間、ずぶりと勢いよく屹立が挿入された。いきなり奥まで肉棒が埋められ、その衝撃で身体が震える。

「アッ……」

待ち望んでいたものを与えられた肉襞が逞しい雄へと絡み付く。よほど興奮しているのか、肉棒はいつもよりも太く、鉄のように硬かった。

「あ……硬い……っ！」

ハイネがピストン運動を始める。

熱い杭に打ち付けられ、思わず身体を反らせる。蜜壺は十分すぎるほどに潤っていたから痛みこそないが、こんなに硬いのは初めてかもしれない。

そしてその硬さがまた、たまらないほど気持ち良くて、更に濡れ襞が収縮し、肉棒を押し潰さんばかりにしがみ付いた。

「あ、あああああ」

「ああ、締まる……痛いくらいだ。フレイ、そんなに私のことが欲しかったのですか？」

「んっ……あ、ハイネだって……いつもより硬くて熱いじゃない……んんっ」

肉傘が膣壁を擦り上げていく。それが新たな愉悦を生み出し、甘い痺れを私にもたらす。

肉棒の動きが手に取るように分かる。亀頭に子宮の入り口をコツコツとノックされると、何も考えられなくなるくらいに気持ち良くなってしまう。

「ああ……やあ……そこ……」

奥に切っ先を押しつけられながら捏ね回され、悦楽で身体が震えた。

気持ちいい。気持ちよくてたまらない。

愛しい人とひとつになっているという実感が、更に感覚を鋭敏にしているような気がした。

「ああ……気持ち良い」

「わ、私も……」

小さく息を吐き出し告げるハイネに、随喜の涙を流しながら何度も頷く。

屹立に膣奥を責められる喜びはたとえようもなく、ひと突きされるだけで達しそうにな
ってしまう。深い快楽が溜まり、今にも弾けそうだ。
「あ、あ、あ……私、もう……だめ……」
いつもよりも早い絶頂の訪れの予感に、首を左右に振りながら訴える。
ハイネも息を乱しながら頷いた。
「私もです……もう……あなたの中に出したい……」
言いながらハイネの腰の動きが速くなっていく。ハイネは私の腰を持ち、何度も力強く
肉棒を打ち付けた。
グルグルとしたものが身体の中を駆け抜けていく。その感覚に素直に従うと、全身がカ
ッと熱くなる。
「アアアアアッ！」
「くぅっ……」
今までにない強い力で襞が肉棒を搦め捕った。膣奥に押しつけられた肉棒は熱い飛沫を
噴き出し、身体の奥を濡らしていく。
身体がビクンビクンと陸に上がった魚のように震える。中に温かいものが広がっていく
感触に目を閉じた。
「はあ……ああ……ああ」

激しくイったせいか、身体に全く力が入らない。やがて、全部を吐き出したハイネが、私の上に倒れ込んできた。

「ハイネ……」

「すみません。その……乱暴になってしまって」

眉を下げ、申し訳なさそうに言う彼に首を横に振って答えた。

「そんなことないわ。すごく気持ち良かったもの。その……ハイネに愛されてるって実感できたし、私は嬉しかったの」

ハイネを抱きしめ、想いを伝える。

「愛してるわ、ハイネ」

激しい運動をしたので、ふたりとも汗だくだ。

額に張り付いた髪を掻き分け、キスをする。ハイネも笑い、同じくキスを返してくれた。

「フレイ」

「何？」

「愛しています。この先何が起こっても、絶対にあなたを離しません。離すものか」

ギュッと抱きしめられる。その力の強さに笑ってしまった。

そうして己の想いを正直に告げる。

「ええ、そうして。私もあなたといたいから」

ハイネ以外の人なんて考えたくもない。愛しているのは彼だけだ。

私の言葉にハイネが嬉しげに微笑む。肉棒が力を取り戻していくのが分かった。

正直な反応に、嬉しいという気持ちになる。

「ハイネ」

「すみません。でも、あなたをもっと愛したいんです」

その言葉に、私が返せる言葉はひとつだけ。

「いいわ。私ももっとあなたが欲しいから」

「本当に？」

「もちろん」

彼に向かって手を伸ばす。その手を甘く搦め捕られた。

こんなに好きな人を前にして「はい」以外を言える女がいたら見てみたい。

そんな風に思いながら私は再度、彼との行為に溺れていった。

終章　幸せは多分、こんな形をしている

「あー……気持ち良いわね」

温かいお湯に心が癒やされる。

足湯と呼ばれる、足だけをお湯に浸ける入浴法を楽しむ私に、隣で同じようにしていたハイネも頷いた。

「ええ、思いのほかリラックスできますね」

「ね」

ふふ、と笑い合う。

周囲に人はいない。

ふたりきりが良いと言ったハイネが、その権力と有り余る財力をもって宿泊先の宿を貸し切りにしたのだ。そのため、人の視線に煩わされることもなくゆっくりすることができ

ている。

「まさか本当に新婚旅行に来られるとは思っていなかったけど」

しみじみと呟く。

現在、私たちは先日の宣言通り、新婚旅行にやってきていたのだ。

しかも、私が行きたいと言った温泉に。

正直、休みをもぎ取りはしたものの、本当に行けるとは思っていなかった。しかもひと月も。更に言うのなら、この場所にいることすら、ハイネは兄たちに告げていないらしい。

徹底しているなと思うと同時に、心配にもなってくる。

だってハイネは宰相なのだ。

彼がひと月もいなくなって大丈夫なはずがない。だから、兄とセイリールが本気で泣きつけば許すのだろうなとなんとなく思っていた。

実際は、次の日には笑顔で「出掛けますよ」だったのだけど。

いつの間にか使用人たちに旅行の用意をさせていたハイネに急かされ、馬車に乗りはしたものの、その時も半信半疑だった。

だが、着いた先は温泉で有名な場所。

驚く私に「温泉が良かったんでしょう?」とハイネは不思議そうに聞いてきたが、まさかこんなに早く有言実行してくるとは思わなかった。

まあ、楽しませてもらっているけど。

新婚の夫婦が行くという新婚旅行は、王族であった頃なら望めなかった贅沢だ。

にごり湯が特徴だという温泉に身を浸せば、心も身体もリラックスできる。

もちろん、夜は夜で新婚らしく、彼に抱かれているのだけれど。

そこは私も旅行で気持ちが盛り上がっているのもあり、喜んで付き合わせてもらっている。

「ね、ひと月も城を空けて、大丈夫だったの？」

今更だなと思いながらも夫に尋ねる。

木のベンチに腰掛け、浸かる足湯は気持ち良く、なかなかに癖になる。

他に誰もいないのを良いことに、パチャパチャと足をばたつかせると、ハイネは愛おしげに私を見つめてきた。そうして、私の疑問に答えてくれる。

「大丈夫ですよ。陛下は有能な方ですし、腹立たしいですがセイリールがいますから」

「ほんっと、ハイネってセイリールが好きよね」

「は？　誰が誰を好きですって？」

心外と言わんばかりに睨まれたが、怖くない。

私は笑って言ってやった。

「ハイネが、セイリールを、よ。今のだって、信頼がなければ言えない台詞だわ」

「……あれが優秀なのは、私が一番よく知っている。それだけのことですよ」

「そういうところなのだけどね」

のんびりした空気の中、心地良い風が吹いてくる。私は目を細め、普段味わえない雰囲気を楽しんだ。

ハイネが「それに」とぼそりと言う。

「何かあったら連絡してこいと、信用できる部下にはこの場所のことを教えています」

「そうなの？」

兄やセイリールには言わなかったことを、部下には告げているらしいと知り、驚いた。

目を丸くする私に彼が言う。

「ええ。どうしても私でないと駄目な用件ならという注釈は付けましたが。ですから大丈夫ですよ」

「ふふ、そうね」

周囲の景色に目を向ける。

とても見覚えのある城がよく見えた。

実はここの温泉地は、王都からほど近い距離にあり、日帰りすら可能な場所だったりするのだ。

連絡が来れば、二時間もあれば帰れる。兄たちのことを考え、わざとこの場所を選んだのだろうと分かっていた。

――ハイネって、実は私以外にも優しいのよね。

手を離したように見せかけて、ちゃんと救済措置を用意している。

ないとは思うけど、もし連絡が来れば、彼はすぐさま城に駆け戻るのだろう。

そういう人だと知っているし、そんな彼が好きだと思うから。

「じゃ、それまでは遠慮なく楽しませてもらいましょうか」

新婚旅行なのだから。

そう言うとハイネは「ええ、存分に楽しみましょう」と、私にしか見せない笑みを浮かべた。

その心底幸せだと言わんばかりの表情を見ていると、私まで嬉しくなってしまう。その気持ちのまま言った。

「愛しているわ、ハイネ」

もちろん返ってくる言葉はひとつだけだ。

「私もあなたを愛しています」

顔を近づけ、目を閉じる。

数秒後、触れた唇の感触に、幸せとは多分こういうことを言うのだと思った。

あとがき

こんにちは、月神（つきがみ）サキです。

この度は本作をお求めいただき、誠にありがとうございます。

今回は、嫌われてると思って結婚したのに、実はめちゃくちゃ愛されていました的なお話を書いてみました。

最初はなんとも思っていなかったのに、全力で愛を注がれて、いつの間にか沼に落ちていたヒロインを楽しんでいただければ嬉しいです。

イラストレーター様は、駒田（こまだ）ハチ先生。

これまで何度かお世話になりましたが、先生の描く格好良いヒーローと可愛らしいヒロインが大好きなので、担当していただけてとても嬉しいです。

お忙しい中、ありがとうございました。

また、今回でお別れとなってしまう担当I様。

大変お世話になりました。またどこかでお会いできれば嬉しいです。

最後になりましたが、この作品に関わって下さった皆様に感謝を。

いつもありがとうございます。それではまた、次の作品でお会いできますように。

二〇二二年五月　月神サキ　拝

その溺愛(できあい)は不意打(ふいう)ちです！

ティアラ文庫をお買いあげいただき、ありがとうございます。
この作品を読んでのご意見・ご感想をお待ちしております。

✦ ファンレターの宛先 ✦

〒102-0072　東京都千代田区飯田橋3-3-1
プランタン出版　ティアラ文庫編集部気付
月神サキ先生係／駒田ハチ先生係

ティアラ文庫&オパール文庫Webサイト『L'ecrin(レクラン)』
https://www.l-ecrin.jp/

著者――月神サキ（つきがみ さき）
挿絵――駒田ハチ（こまだ はち）
発行――プランタン出版
発売――フランス書院
〒102-0072　東京都千代田区飯田橋3-3-1
電話（営業）03-5226-5744
（編集）03-5226-5742
印刷――誠宏印刷
製本――若林製本工場

ISBN978-4-8296-6961-7 C0193

月神サキ
Saki Tsukigami
Illustration 駒田ハチ
Hachi Komada
婚約破棄してください、王子様!
逃げたいなんて思わないよう、
しっかり躾けてあげる
王太子ルイスの婚約者に選ばれたシェリーローズ。
でも実は妹が彼のことを好きだと知って、
婚約破棄を決意する！　ドタバタ結婚物語！